集英社オレンジ文庫

怪談男爵　籠手川晴行 2

瀬川貴次

怪談男爵 籠手川晴行 2

目次

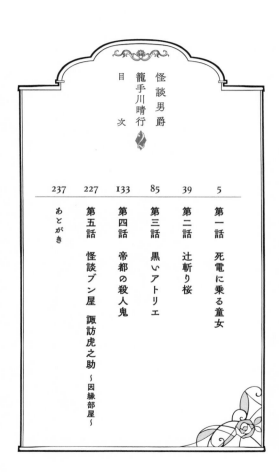

第一話　死電に乗る童女

晩秋ともなると、午後三時くらいであっても陽光はなんとはなしに黄昏《たそがれ》の色を帯びていく。街路樹の葉も黄ばみ始め、冬がすぐそこに迫っていることを否応《いやおう》なしに体感させる。

大学生の室静栄《むろしずえ》は午後の講義を終え、ひとり家路をたどっているところだった。

通りを吹き抜けてくる乾いた風が、静栄の薄い頰《ほお》を容赦《ようしゃ》なく打ちつけてくる。スタンドカラーの白シャツの上に重ねた着物の袖《そで》も、袴《はかま》も、うるさいくらいにバタついている。それでも、彼は上機嫌だった。携《たずさ》えた手提《てさ》げ袋の中に豆大福がたんまりと入っていたからだ。

静栄はできれば毎日、甘味処《かんみどころ》に通って通って通い詰めていたいほどの甘味好き。しかし、贅沢《ぜいたく》はしづらい環境に彼はあった。

子爵として華族に連なる由緒正しき家柄なのだが、もともとが貧乏公家。爵位を拝領したからといって、生活がいきなり豊かになるわけではない。むしろ、華族の体面を保つための出費もかさみ、節約に節約を重ねても追いつかない。蔵に眠っている先祖伝来の品々を売っても限界はある。いっそ爵位を返上してはといった話が出るほどだった。

この時代——大正時代には、そういった家も珍しくはなかったのだ。

とはいえ、静栄は長男で下には三人の弟妹《ていまい》がいる。せめて妹たちがいい家に縁づくまでは、爵位はあったほうが何かとよかろう。自分が卒業して官庁に就職すれば、暮らし向きも少しは楽になるはず。それまでの辛抱だと、真面目な静栄は室家の未来に前向きな期待をかけていた。

それに、いつもいつも甘いものを我慢しているわけではない。静栄には甘味を豪快に奢《おご》ってくれる裕福な友人がいたのだ。

「これ、先日、迷惑をかけたお詫《わ》び」

そう言って、友人は大量の豆大福が入った、ずしりと重い手提げ袋を渡しに大学に現れ、「じゃ、また」とどこかへ去っていった。

彼とは子供の頃からの付き合いで、数え切れないほど迷惑をかけられている。そのたびに静栄は「身が持たない……」といい加減、厭《いや》になるのだが、気前よく甘味を奢られて「まあ、いいか……」と日和《ひよ》ってしまうのである。

手に入れた豆大福は二十個近くあった。三人の弟妹たちに両親と、家族全員で分けても十二分に行き渡る。彼らの喜ぶ顔を想像するだけで、静栄も頬がゆるんできた。

やがて、彼は路面電車──東京市電の停留場に差しかかった。寒風に吹かれつつ、しばらく待っていると、木造車体がレールの上をゆっくりと走ってきた。

大正期、東京はまだ都区制度を敷いておらず、東京市と呼ばれていた。ゆえに、この街を走る路面電車は都電ではなく市電だ。

電車は所定の位置にぴたりと停車した。腕章をつけた車掌《しやしよう》が後方の扉をあけて車内から身を乗り出し、「○○行きでございます」と声高らかに告げる。

静栄が他の乗客たちと電車に乗りこむと、車掌は扉を閉めてチンチンとベルを鳴らした。客の乗り降りが終わったことを、前方の運転席にいる運転士に知らせる合図だった。

いつもは混むのに、勤め人の帰宅時間にはまだ早いせいか、乗客は予想外に少なかった。女子学生のグルウプに着物姿の老夫婦、中折れ帽をかぶった中年の紳士、会社を早引けしてきたとおぼしき勤め人数人といったところだ。

静栄は空いている席にすわり、堅い木製の背もたれに身を預けた。

電車が次の停留場に向けて出発する。車掌は車内を歩きながら、

「次は○○。切符をお切らせ願います」

そう言って、ガマグチ型のカバンから穴あけパンチを取り出した。老夫婦は切符に穴をあけてもらい、静栄や女学生らは定期券を提示する。

プレーンアーチ型の天井から垂れさがった吊革が、同じ方向にゆさゆさと揺れていた。ガラス窓が外の風を遮《さえぎ》ってくれているだけでも、車内は暖かく感じる。強力なモーター音がずっと鳴り響いているのに不思議とうるさくはなく、むしろ車体の振動と連動して、強い眠気を誘ってくる。

静栄は早々に睡魔に屈し、手提げ袋を膝《ひざ》に抱えて、うつらうつらと微睡《まどろ》み始めた。昨晩、

図書館から借りてきた本が期待以上に面白く、ついつい夜ふかしをしてしまったのがいまになって響いたのかもしれない。

それほど長い時間、眠っていたとは思っていなかったのに、

「間もなく○○神社前、お降りのかたはいませんか」

車掌の声にハッとして目を醒《さ》ます。彼が呼ばわったのは、降車予定よりも三つ先の停留場だった。ほんの少しのつもりが、意外に深く眠っていたらしい。

「お、降ります」

あせった声で言うと、車掌が振り返って軽くうなずいてくれた。車掌はほとんど無表情だったが、

――うふふ。

幼げで秘《ひそ》やかな笑い声が妙に近くで聞こえた。見廻《みまわ》すと、いつの間にか真向かいの席に、三歳くらいの童女がひとりですわっている。その子が静栄のほうを見て笑っていたのだ。

つややかなおかっぱ頭に摘まみ細工の髪飾り。疋田《ひった》紋の地に伝統的な梅の花模様の着物。その上に朱《あか》い被布《ひふ》を重ね、被布と同じ色合いの巾着袋を手にしている。丸々とした頰、ちんまりした目鼻は御所《ごしょ》人形のようだ。

季節柄、七五三詣《もう》でに行くところなのかなと静栄は想像した。

目が合った途端、童女は目をさらに細めて、にこりと微笑《ほほえ》みかけてきた。『あなたの想像は当たりよ』とおしゃまな口調で言われたような気がして、静栄も釣られて微笑み返す。

電車に乗りこんだ際、この童女はいなかった。こちらが眠っている間に乗りこんだのだろうが……、静栄は違和感に首を傾《かし》げた。

（親はいっしょじゃないのか？）

本来ならば童女の隣に親がすわって然《しか》るべきだろうに、両側ともが空いている。車中を見廻しても、それらしい人物が見当たらない。学生や明らかな会社帰りの人物は違うだろうし、着物姿の老夫婦が孫を伴《ともな》ってきたと考えるには双方の距離が離れすぎている。

この路面電車の沿線には大きな神社が建っていた。おそらく、そこに詣でに行くのだろう。もしかして、親はひと足先に神社に行って待っているのかも……と静栄は考えたが、晴れ着の三歳児をひとりで市電に乗せるというのは、やはり不自然だ。迷子とみなしたほうが、あり得る話だろう。

車掌は車体後方に移動して窓に張りつき、次の停留場に客がいるかどうかを確認中で、たったひとりで市電に乗った童女には一切、注意をはらっていない。他の乗客も、連れとの会話に夢中になっていたり、腕組みをして眠っていたりで、童女に注目しているのは静栄ただひとりだった。

(やれやれ。帝都に住まうひとびとの人情は、かくも薄きものとなってしまったか)

席を移動し、親はどこにと童女に訊《き》いてみよう。そう思いながら視線を正面に戻すと
――童女は忽然《こつぜん》と消えていた。

優に三人すわれる空間が、真向かいにぽっかりと空いている。立っている乗客もいるのに、なぜそこにすわらないのか。無意識に避けているのか。だとしたら、それは何ゆえか。忌避《きひ》したいモノがそこにいたからか……。

そう思った途端、ぞくっと冷たい悪寒《おかん》が静栄の背中を走った。

不吉な予感。それを否定したくて、静栄は車掌に声をかけた。

「車掌さん」

車掌は急いで飛んできてくれた。

「はい、なんでしょう」

「晴れ着姿の女の子が乗っていたはずだけれど」

「晴れ着姿の女の子?」

「ああ。三歳くらいの」

瞬間、車掌は顔をしかめ、「いいえ」と素っ気なく否定して、すぐに背中を向けた。まわりの乗客は不審そうな目を静栄に向けている。どうやら、誰もあの童女を見ていなかっ

たらしい。

あんな明るい色の被布を着た童女を見落とすことなどあるだろうか。つまり、あの子は最初からいなかったのだ。

（そうか。夢か……）

いや、違うだろうと内心では否定しつつも、静栄は保身のためにそう考えることにした。たったひとりで市電に乗りこんだ晴れ着姿の童女などここにはいなかったと思うほうが当然、無難だ。実際、寝ぼけていた可能性も否定できないのだからと、眼鏡のレンズを袖《そで》の端でぬぐいながら、静栄はおのれに言い聞かせた。

市電は次の停留場に到着し、キキーッと甲高い音を響かせて停車した。静栄は豆大福入りの手提げ袋を抱えて立ちあがり、足早に降車する。

乗車したときよりも暗い空、その代わりに赤々と輝く背の高い街灯。風は静栄の前髪をかき乱し、呼気が眼鏡のレンズを半分白く曇《くも》らせる。

電車から離れようとしかけ、どうしても気になって静栄は後ろを振り返った。

宵闇《よいやみ》が迫りつつある外よりも車内のほうが明るく、乗客ひとりひとりの姿が窓越しにくっきりと見えた。見えすぎるくらいに。中でも、晴れ着の童女の姿はひときわ鮮明だった。

彼女は車窓に張りついて静栄をまっすぐにみつめていた。御所人形を思わせた小さな目が、限界まで大きく見開かれて、まるで黒い鏡を眼窩《がんか》に埋めこんだかのようにぎらぎらと輝いている。それだけでも、ぞっとするような光景だったのに――

童女の首がいきなり真横に曲がった。首の骨でも折れたかのように。いや、本当に折れていなければ、そんな角度に曲がりはしないだろう。

さらに、にいっと笑った童女の口の端から、鮮血が滴《したた》り落ちた。切りそろえた前髪の下からも、ひとすじ、ふたすじと血が流れていく。

なのに、車内の他の乗客たちは童女の異変にまるで気づいていない。そこに彼女がいることさえ、目に入っていないようだ。

ぎょっとした静栄の指から手提げ袋が落ちる。チンチンとベルが二回、鳴る。発車オーライの合図だ。血まみれの童女を乗せて、市電は何事もなかったかのように発車する。

静栄は停留場に立ちすくみ、市電が視界から消えるまで呆然《ぼうぜん》と見送っていた。

「……といったことがあったんだよ」

馴染《なじ》みの甘味処〈鈴《すず》の屋《や》〉の窓際の席で、静栄は好物の汁粉《しるこ》を前に、市電での怪奇な出来事をひと通り語って聞かせた。

向かいの席には子供のときからの友人、籠手川晴行《こてがわはるゆき》が長い足を組んですわっている。栗《くり》色がかった髪に陽《ひ》の光が明るく反射し、鼻すじの通った整った容貌《ようぼう》と相まって、まるで西洋の彫像のようだ。童女の亡霊の話を聞いても、顔色ひとつ変えずに、

「それは災難だったね」と大らかに笑っている。

静栄の隣の席では、ハンチング帽をかぶった諏訪虎之助《すわとらのすけ》が茶をすすっていた。静栄と晴行が同じ汁粉を注文しているのに、虎之助の前に置かれているのは甘くない磯辺餅《もち》だ。甘味が苦手な彼がこの店で唯一、注文できる品がそれだった。

「そういえば聞いたことありますよ。あの市電に乗っていて、幽霊を見たって話」

三流新聞の記者である虎之助は、職業柄、得た知識をさっそく披露する。

「神社前の停留場を出てすぐに交差点があって、あそこ、事故が多いんですよね。だからなのか、あの停留場から乗ってきた婆《ばあ》さんが走行中に車内から忽然と消えたとか、市電の前にうずくまっている男がいたんで『危ないですよ』と声をかけたら血まみれの顔で振り返ってきたとか。そういうことが続いたんで近くに供養塔が建てられたけれども、その後もときどき妙なことが起こるとか……。そういえば、二年前くらいに、神社に七五三で来ていた女の子が市電に轢《ひ》かれたって話もあったな。知らなかったんですか？」

「知らない。全然、知らない」

知らなかったことを責められた気がして、静栄はムッとした顔で首を横に振った。静栄とは長い付き合いで、その気質を知り尽くしている晴行は苦笑しつつ、なだめ役に廻った。

「でも、その神社前の停留場はいつも利用しているところじゃないんだろ」

「ああ。たまたま乗り越しただけだ」

「だったら、次からは乗り越さないよう気をつければいい」

簡単なことだよとスーツに包まれた肩をすくめる。ひとつひとつの動作が優美で、しかも自然だった。

若き籠手川男爵――当人は下級武士の家が維新《いしん》の功績でいちばん下の爵位を得ただけだと謙遜《けんそん》するけれども――は、容姿も所作も人目をひく、文句なしの美男子だった。籠手川家自体は室家同様、斜陽の感が否《いな》めないものの、晴行の姉が実業家に嫁《とつ》いだため、そちらからの支援で生活にはまったく困っていない。士官学校を退学になってからも、職に就くでもなくぷらぷらしている。例の豆大福をぽんと静栄にくれたのも晴行だった。

「その体験談、記事にしてもいいですよね？」

虎之助が静栄の返事を待たずに懐《ふところ》からネタ帳を取り出す。彼が所属する日《ひ》ノ本《もと》新聞では、編集長が怪談好きなせいもあり、怪奇ネタを好んで取りあげていたのだ。

しかも、『あえて名を秘すK男爵こと、怪談男爵が怪異を読み解く！』と銘《めい》打って読み物風に記した記事が読者に受けたものだから、日ノ本新聞の怪奇ネタに対する需要はなおさら高まっていた。

「別にいいけど、今回はハルちゃんはからんでないぞ」

幼馴染《おさななじ》みの晴行のことを、静栄はハルちゃんと呼んでいた。なんにでも首を突っこんでいく物見高い性格を昔から危ぶんでいたのだが、晴行のほうは一向に改めてくれない。怪談男爵として記事に取りあげられることにも、「本名を出さなければ」と気楽に応じている。そこが真面目な静栄には気にくわなかった。

晴行のほうは相変わらず暢気《のんき》に、

「別に無理してからめなくても。シズちゃんが体験したことをそのまま書いても、充分記事になるんじゃないかな。落語じゃないんだし、オチはいらないよ」

「ですよね」

晴行のお墨《すみ》付きをもらって虎之助も嬉《うれ》しそうな顔をする。

ハルちゃんは諏訪さんに甘いな——と、静栄は心の中でつぶやいた。

昔から、晴行は困っている相手に頼まれると断れないところがあった。むしろ、嬉々《きき》として難問解決に飛びこんでいっている。それが彼の余裕の表れなのだろうけれども、いつか足をすくわれはしないかと、静栄は老婆心《ろうばしん》ながら案じてしまう。

「そうだ、忘れるところだった」

友人に心配されていると気づいているのかいないのか、晴行はおもむろに風呂敷包みを取り出し、静栄の前にずいと押しやった。

「うちの母がおはぎを作りすぎたんで、お裾《すそ》分け」

包みを広げる前から、つやつやのおはぎの映像が脳裏にぱあっと浮かび、静栄は目を瞠《みは》った。晴行の母が作ったおはぎは過去にも何度か食しており、その味は――小豆《あずき》の甘さと餅のほどよい弾力は、しっかりと彼の記憶に刻まれていたのだ。実母の作るおはぎとはまた違う風味が餡《あん》と餅米の奥深さを実感させ、静栄はどちらも大好きだった。

口には出さずとも、彼の喜びの波動は周囲に伝わったのだろう、虎之助があきれたように言った。

「甘味処でおはぎの受け渡しですか。よっぽど甘い物がお好きなんですねえ」

晴行が、「トラさんだって、ここに足繁《しげ》く通っているくせに。もっとも、トラさんのお目当ては甘味じゃないって知っているけどね」

そう言いながら、意味ありげな視線を店の奥に向けた。そこには、麻の葉模様の着物に白いエプロンを重ねた童顔の女給がたたずんでいた。

振り返らずとも、晴行の視線の動きでその意図を悟り、虎之助はカッと顔を赤くした。

「からかうのはやめてくださいよ」

ぶっきらぼうに言って、茶の残りをぐいと飲み干す。たちまち奥から例の女給が飛んできて、三人の湯飲みに茶をつぎ足した。

「あ、ありが……」

虎之助が礼を言うのを最後まで聞かぬまま、女給は脱兎《だっと》のごとく店の奥へと戻っていく。がっくりとうなだれた虎之助の様子を見れば、ふたりの間になんの進展もないのが一目瞭然だった。

甘い物が苦手な虎之助が甘味処に足繁く通うのは、店の彼女がお目当てだったから。けれども、磯辺餅を注文するだけでろくに話もできず、そうこうしているうちに〈鈴の屋〉の常連だった晴行と静栄の不穏な会話を小耳に挟み——というのが、三人が知り合ったきっかけだった。

「思い切って映画にでも誘えばいいのに」

晴行が勧めると、虎之助は唇を尖らせてぽつりと応《こた》えた。

「……誘いましたよ」

晴行だけでなく静栄も興味津々《しんしん》、身を乗り出す。しかし、

「断られました。帰りが遅くなるとお祖母《ばあ》ちゃんが心配するんだそうで」

静栄は気を遣って黙っていたが、晴行は無邪気に、

「なるほど、体《てい》よく振られたわけだ」

「ま、まだそうと、決まったわけ、では」

鼻息荒く言いながら、虎之助は磯辺餅にかぶりついた。

「よく嚙《か》まないと餅が喉《のど》に詰まるよ」

晴行の忠告に、虎之助は咀嚼《そしやく》しながら文句をつける。

「年寄り、扱いは、やめてください、よ」

「だって、トラさんのほうが年上じゃないか」

晴行と静栄は二十歳《はたち》で、虎之助は二十二歳。ふたつ年上なのに、虎之助はすっかりふたりに圧《お》し負けてしまっている。

気まずさを誤魔化すために磯辺餅を豪快に頬ばったせいで、案の定、虎之助は餅を喉に詰まらせた。

「ほらほら、言わんこっちゃない」

「諏訪さん、お茶飲んで、お茶」

うぐうぐと苦しみながら茶を飲む虎之助のもとに、女給が疾風《はやて》のごとくに飛んできて、熱い茶ではなく水の入った大ぶりな湯飲みを渡した。虎之助はその水をごくごくと飲み干

し、やっと磯辺餅を嚥下《えんげ》する。

「あ、ありが……」

今度も礼を最後まで聞かず、女給は店の奥に駆け戻っていった。虎之助はしょぼくれた顔で肩を落とす。

「……ひょっとして、おれ、嫌われてます?」

虎之助の問いに「いや、それはないと思うけど」と晴行は返し、静栄も「嫌うほどでもないだろうけど」と続けた。が、

「……ど?」

と虎之助に問い質《ただ》されても、なんとも応えようがなかった。

——何はともあれ、静栄はおはぎの包みを抱えて〈鈴の屋〉の前で晴行たちと別れ、家路についた。

帰りの市電はけっこう混み合っていて、静栄は車内、中ほどの吊革につかまって立つ羽目になった。

いちおう用心深く車内を見廻してみる。幸いなことに、被布姿の童女は見当たらない。

あの日以降、静栄は何度かおっかなびっくり市電を利用したが、例の童女に再び遭遇することはなかった。これなら今日も大丈夫と、胸をなでおろす。

それほど疲れているわけでもなかった。なのに、市電の揺れに身を預けていると、やがて猛烈な眠気が押し寄せてきた。

ガタンゴトンと響く音さえ、子守歌に聞こえる。どうにも抗《あらが》えず、静栄は立ったままで目をつぶる。時折、意識を取り戻しては、いけない、いけないと首を振って、寝ぼけ眼《まなこ》を車窓へと向ける。

〈鈴の屋〉に寄り道したために、外はすでに暮れかかっていた。帝都の街並みや家路を急ぐ人影は薄暮に沈み、代わりに白熱灯の明かりで照らされた車内が窓ガラスに映りこむ。静栄と同じような学校帰りの学生たち、そして会社帰りの勤め人に……。

――うふふ。

幼い笑い声を突然、耳にして、静栄はハッとわれに返った。

いつの間にか、彼の真後ろの空間が広く空いていて、その様子が目の前の車窓にはっきりと映っていた。

不自然にぽっかりと空いた先、真後ろの席には三歳くらいの童女がすわっている。摘み細工の髪飾りを挿《さ》したおかっぱ頭。朱い被布。疋田紋の地に梅の花模様の着物。数日前に市電の中で遭遇した、あの童女だ。

今日もまた、子供ひとりで付き添いの大人はいない。車内の誰も、静栄以外は童女をまるで気にしていない。

やはり、彼女はこの世の者ではないのだ。そんな存在と、一度ならず二度までも遭遇したのは、いったいなぜか。もしや、とり憑《つ》こうとしているのか……。

静栄が恐怖に戦《おのの》いていると、童女の目が急に大きくなった。まん丸で真っ黒な瞳孔《どうこう》がふたつ、ぎらつきながら見据えているのは、彼が腕に抱えているおはぎの包みだ。

静栄が包みを抱く手にぐっと力を入れたといっしょに、車掌の声が車内に響いた。

「間もなく〇〇神社前、お降りのかたはいませんか」

「降ります！　降ります！」

静栄は声を張りあげ、前方のデッキまで乗客をかき分け移動した。押された勤め人が迷惑そうに振り返るが、構ってはいられない。うふふ、うふふと笑う童女の視線がずっとつきまとってくるのを肌で感じるだけに、少しでも彼女と距離をとりたくて彼は必死になっていた。

デッキに出たとほぼ同時に、市電は停留場に停まった。静栄はすぐに市電から飛び降りた。運転士に、

「危ないですよ、お客さん！」

と怒鳴られても気にせず、脱兎のごとく走り続けた。童女が車窓からこちらを見ている

だろうと思うからこそ、振り返って確かめることもできなかった。

静栄に〈鈴の屋〉へと呼び出され、現れた晴行は席に着くなり、汁粉を注文した。彼は特に甘味好きということもなかったが、友人に付き合っているうちに、なんとなくそれが定番になっていたのだ。

汁粉が運ばれてくるまでの短い間に、静栄は昨日の出来事を語り終えた。晴行はううんとうなって腕を組み、首を傾げる。

「また出たって？」

「一度ならず二度までも。なんだろうね。偶然かな？」

「偶然ならまだましなんだが……」

「ひょっとして、とり憑かれかけてる？」

「勘弁してくれ」

その可能性を考えただけでも、全身に鳥肌が立つ。静栄は冗談ではなく本気で、ぶるっと身震いした。

本来なら、〇〇神社前よりも手前の停留場で静栄は降車することになっている。なのに乗り過ごし、あの童女と遭遇した。最初の出逢《であ》いは単なる偶然だったかもしれない。けれども二度目は、もしかしたらだが、あの眠気自体が童女の影響によるもので、静栄は彼女に誘いこまれたのではないか。

もしそうだとしたら、今後一生、あの市電に乗れなくなってしまう。通学のために必要な路線なのに、いったい、どうしたらいいのか……。そう訴えると、晴行はうんうんとうなずきながら、

「大学まで歩くには距離があるし、毎回、人力車《くるま》を呼ぶっていうわけにもねえ」

「室家《うち》にはそんな余裕、ないないない」

苦い顔で静栄が首を振っているところに、待ち合わせたわけでもないのに虎之助が入店してきた。

「よかった。いた、いた」

「なに、トラさん？　ぼくらを捜していたのかい？」

晴行の問いに虎之助は、

「いえ、通りかかっただけで。この時間ならおふたりが来てるかなぁと思って覗《のぞ》いてみたところですよ。うちの新聞社、この近くなもので」

「そうなんだ。シズちゃんがまた市電の女の子を見たって」

「おや、それは御愁傷《ごしゅうしょう》さまで」

同情はしてくれているのだろうが、同時にこれは記事にできるぞと喜んだらしく、眉は八の字に下がり、口角は上がりと、虎之助の表情は失敗した福笑いのようになった。

「ふたりとも他人事《ひとごと》だと思って……」

静栄が頭を抱えてうめいていると、汁粉がふたつが運ばれてきた。給仕をしてくれたのは、いつもの童顔の女給だ。繁盛しているとは言いがたい小さな甘味処なので、女給は彼女ひとりしかいない。

虎之助は「磯辺餅、ひとつ」とだけ告げ、女給のほうも「はい」と小声で受けて、店の奥へと小走りに戻っていった。

双方とも、相手を意識しすぎて硬くなっているのが、傍目《はため》にも丸わかりだったが、静栄も晴行もあえて気づかないふりをする。下手に介入して、かえってふたりの間がギクシャクしては申し訳ないと、彼らなりの配慮ではあった。

「ちょうどいま、シズさんの体験談を記事にするために、あの停留場で起きた事故についてまとめている最中だったんですよ」

そう言いながら、虎之助は提げていたカバンの中から新聞やらノートやらの束を取り出した。

「それで、二年前に起きた、七五三の参拝に向かう途中、女の子が市電に轢かれたっていう事故の記事がこれです」

虎之助がテエブルに広げた新聞を、静栄と晴行は身を乗り出して覗きこむ。写真ひとつない、文字だけの小さな記事だった。『哀《かな》しき参拝　母の涙つきず』と題字が振られ、何日何時に〇〇神社前停留場で――と事故の詳細がつづられている。

涙に暮れる母親の弁として紹介された文言《もんごん》を、静栄は暗い面持《おもも》ちで読みあげた。

「『娘は神社の千歳飴《ちとせあめ》をとても楽しみにしておりました』か……」

記事に童女の写真はなくとも、朱い被布を着た姿ははっきりと思い浮かんだ。おかっぱ頭に挿した摘まみ細工の髪飾りは、母親の手作りだったのかもと静栄は想像した。

「千歳飴。そうか、つまり」

何か閃《ひらめ》いたのか、晴行が長い指をピンと鳴らした。

「シズちゃんは最初のときは豆大福を、二度目のときはおはぎを抱えていた。だから、あの子に引きこまれたとか？」

へーえと、虎之助が妙に納得したような声を出した。

「シズさんと同じ、甘味好きの幽霊というわけですね」

「ああ。類は友を呼ぶとはこのことだな」

ずいぶんな言われようだなと、静栄は少々気分を害してつぶやいた。

「まだそうと決まったわけでは」

「じゃあ、検証してみようか」

「検証？」

晴行は店の奥を向いて、「女給さーん」と大声で呼びかけた。たちまち、奥ののれんを押しやって童顔の女給が顔を出す。晴行は彼女に訊いた。

「おはぎ、ある？」

「あ、ちょうど切れていて。こし餡のお団子ならありますけど」

「じゃあ、それを。持ち帰りたいんだけど、いいかな」

「はい、数はいかほど」

「あるだけ全部」

びっくりしたように目を瞠ってから、

「は、はい。少々お待ちください」

そう言って、女給はのれんのむこうに引っこんだ。

一連のやり取りを眺めていた虎之助が、腕組みをしてうなる。

「あるだけ全部。一度は言ってみたい台詞《せりふ》だな……」

そんな格好つけができれば彼女との距離も縮まるのではと期待したのだろうが、

「甘味が苦手なんだから、やめたら?」

静栄に言われて、「ですよね」と虎之助もあっさりと引き下がった。

女給が団子の入った大きな包みを持ってくる。晴行はその代金を払ってから、包みをずいと静栄の前に押し出した。

「さあ、それを持って市電に乗るんだ。検証だ、検証だ」

「だから、検証って……」

「その幽霊が本当に甘味好きなのだとしたら、この団子に惹《ひ》かれて姿を現す可能性が高い。好物がわかれば、供養への道筋も立てやすいし、それに小さな子がたったひとりで市電に乗るのは、やっぱり心配だよ。最近は何かと物騒だし」

「心配……」

少うし論点がずれている気がしなくはなかったが、ハルちゃんならば仕方がないかと静栄は脱力気味に思った。

昔から、この友人は困っている相手を見捨てておけないのだ。それが女性や子供であったりしたなら、なおさら。さらに言うと、晴行の義侠《ぎきょう》心は、相手の生き死にに関係なく発動される傾向にあった。

小さな女の子が甘味への執着から成仏もできずに迷っているというのなら、その迷いを晴らしてあげたい。きっと、晴行はそう思ったのだ。静栄も童女に同情しなくもなかったが、相手が亡霊だと思うと、どうも腰が引けてしまう。

「……大丈夫か？」

「大丈夫。今度はぼくもついていくから」

あけっぴろげでたくましく、天真爛漫《てんしんらんまん》、傍若無人《ぼうじやくぶじん》。こういう性格なのだと承知していたものの、晴行がやけに楽しげなのが少し癪《しやく》に障《さわ》って、静栄はささやかな抵抗を試みた。

「あの女の子はぼくにしか見えていないようだった。ハルちゃんがついてきたところで無駄足になるかも」

この指摘に、晴行は数瞬、考えこんだが、対策はすぐに浮かんだようで、

「女給さーん」

と、再び店の奥に向かって声を張りあげた。バタバタと急ぎ足で戻ってきた女給に、

「この包み、三つに分けてくれる？」

「はい、わかりました」

団子の包みをいったん引き取り、彼女は奥に下がっていく。

「えっ、三つって」

身構える虎之助に晴行は、

「もちろん、トラさんもいっしょに来るんだよ。取材だよ、取材。甘味が大好きな童女の霊は、懐に団子を忍ばせたぼくらをきっと見逃さないはずだから。トラさんも霊を直接、目撃したほうが、臨場感たっぷりの記事をモノにできるんじゃないかな」

「臨場感たっぷりの記事……」

霊への恐怖心と、記者としての職業意識。そのふたつの狭間で、虎之助は激しい葛藤《かっとう》を開始する。結局、彼も折れて、三分割された団子の包みを受け取ることになった。

晴行と静栄、虎之助の三人は〈鈴の屋〉を出て、さっそく最寄りの停留場へと向かった。

通りは交通量が多く、反対車線の電車のみならず、黒塗りの自動車、馬に曳《ひ》かれた荷車等がひっきりなしに行き交っている。

三人並んで市電が来るのを待っている間、晴行が頭上に目をやってつぶやいた。

「なんだかさ、電線のせいで空が低くなった気がするね」

そうかなと思いながら、静栄は彼と同じ方向へ視線をやった。改めて見ると、張りめぐらされた電線が帝都の空を幾等分にも切り分けている。これのことかと静栄は察した。普段は気にならないが、言われてみると狭苦しい印象がなくもない。

「便利だし、路面電車そのものは嫌いじゃないんだけど、どんどん世界が狭くなっていくようで、なんだかなって思うよ」

「なら、電線のない田舎に住めばいい」

「うん。いつかはそうするかもしれない。昔、シズちゃんと走った里山のあたりとか。実現したら、シズちゃんも来るかい？」

静栄は即答した。

「いや、断る」

「少しは考えてみてくれよ」

「公務員になって官庁入りする予定だから、田舎暮らしは無理」

「通えば？」

「無理無理」

つれないなぁと、晴行は笑顔で肩をすくめた。

子供時代に静栄は身体《からだ》を壊し、空気のきれいな田舎で過ごしたほうがいいだろうと、一時期、母方の家に預けられていた。ちょうどその頃、晴行も近くに滞在しており、それがふたりが親しくなったきっかけでもあった。

田舎暮らしに憧れるとは、あのときの思い出が晴行の中では意外に大きな位置を占めているのかもなと、静栄はしみじみと思い返す。もちろん、そんな感慨は晴行には伝えないが。

「電車、来ましたよ」

言わずもがなのことを虎之助が告げる。よし、と晴行は鼻息荒く市電に乗りこんだ。静栄と虎之助も団子の包みを小脇に抱えて、あとに続く。

車内の混み具合はそこそこで、空席がないわけではなかったが、三人は立ち並んで吊革につかまった。

いつもと同じように、チンチンと二回ベルを鳴らして市電は出発する。ガタンゴトンと木造車体が揺れる。特に変わった点はない。いつもの夕刻の一光景だ。緊張しているせいか、三人でいるせいか、不自然な眠気は襲ってこない。

晴行たちといるせいで気が大きくなってきたのか、このまま何も起こらないなら、それでもいいかと静栄は思えてきた。弟妹たちへの手みやげとして団子も手に入れたし、今後、市電に乗って眠たくなっても歯を食いしばって耐え、乗り越しさえしなければ、あの童女との再会は避けられるのではないかと。それに、七五三の季節が終わりさえすれば、被布姿の童女が市電に乗ってこなくなる可能性も考えられる。

けれども、もしまた童女が現れたら、本当にとり憑かれてしまったら、どうしたらいいのか。

華族とは名ばかりの貧乏学生に、定職にも就かず遊び歩いてばかりのお気楽男爵、三流新聞社の下っ端記者。この中に、悪霊と闘えるような能力者はひとりもいない。これまでは怪異と遭遇しても、運と体力と晴行の財力でどうにかこうにか乗り越えてきたが、その手がいつまでも通用するとは限らない。

（本当に大丈夫か……）

不安がる静栄を乗せた市電は、○○神社前へと次第に近づいていく。そろそろ童女が現れてもおかしくない。そんなふうに思いながら、静栄が後ろを振り返って肩越しに車内をぐるりと見廻した、そのときだった。

――うふふ。

童女の笑い声が静栄の耳を打つ。ハッとして向き直ると、自分のすぐ前の座席に、三歳くらいの童女がちょこんと腰かけていた。

おかっぱ頭に、朱い被布と梅の花模様の着物。彼女の両脇には誰もすわっていない。ほかの乗客たちは霊が見えずとも、その存在を無意識に察知して忌諱《きき》しているかのようだ。

では、団子の包みを抱えている晴行と虎之助はどうだろうかと確かめると、虎之助は明らかに童女が見えているらしく、恐怖と驚きに顔を強《こわ》ばらせていた。晴行はなぜか無表情だ。

童女の目がぐんぐんと大きくなり、静栄たちがそれぞれ抱えている包みにせわしなく視線を送ってくる。彼女が甘味に強く惹かれているのは、もはや疑いようもない。

ならば、どうすればいいのか。素直に甘味を差し出せば、それで満足してくれるのか。静栄が対処法に迷っていると、

「間もなく〇〇神社前、お降りのかたはいませんか」

車掌の声がいつもの調子で車内に響き渡った。その直後、晴行が言った。

「降ります」

停留場はもうすぐそこだ。市電が減速し始める。

晴行は吊革から離した手を、座席にすわった童女に向けて差し出した。

「降りよう。千歳飴を買ってあげるよ」

童女の目が極限まで丸くなった。何も映さないように見えた真っ黒な瞳孔に、はっきりと戸惑いの影が差す。晴行はそれ以上は何も言わず、手を差し出したままで、じっと待っている。

キキーッとブレーキの音が響き渡った。静栄と虎之助は反射的に吊革にしがみついた。晴行は足を踏ん張り、童女に手を差し出したままの姿勢を維持している。

ちとせあめ、と童女の唇が動いたように、静栄の目には見えた。

市電が停車する。童女はおずおずと手を出し、晴行の手に重ねた。小さなその手を晴行が握り返す。手を繋《つな》いだふたりは降車口へと歩いていく。

静栄と虎之助が互いの顔を見合わせている間に晴行たちは下車し、昇降口の扉が閉まった。あっと静栄たちが思ったときには、チンチンとベルが鳴り響き、市電が発車していた。

「お、降ります、降ります」

いまさら言っても車掌は聞いてくれず、市電も停まらない。仕方なく、静栄たちはひとつ先の停留場で降りて、神社前まで走って引き返した。

晴行は無事か、亡霊とふたりきりにして不測の事態が発生してはいないか。そんな心配をしながら走って走って。

静栄と虎之助は大きな鳥居の前でともに限界に達し、ゼイゼイと息を荒げて立ち止まった。

鳥居の先の境内《けいだい》には、七五三の参拝者目当ての露店が建ち並んでいた。どの店も色鮮やかな天幕を張って、今川《いまがわ》焼きの香ばしいにおいや、独特の調子の呼び声などで盛んに客を誘っている。

非常に魅力的ではあるが、構っている暇はない。呼吸を整え、静栄は境内に走りこもうとして、寸前で足を止めた。

参道のむこうから晴行がこちらに歩いてくる。彼といっしょに降車した童女の姿はない。

「ハルちゃん！」

「ハルさん！」

静栄と虎之助がそれぞれ声をかけると、晴行は軽く片手をあげて応えた。もう片方の手には団子の包み以外に、長方形の紙袋をぶら下げている。

近寄ってきた晴行に、静栄は改めて問うた。

「だ、大丈夫なのか、ハルちゃん」

「うん」

虚勢ではなく、本当に大事ない様子だった。

「これ」

晴行が示したのは長方形の紙袋——千歳飴の袋だった。昇る太陽と松竹梅を背景に鶴《つる》が舞い、亀《かめ》が這《は》う、おめでたい絵柄が印刷されている。

「千歳飴を買って渡したら、一本だけ頬ばって、それで満足したみたいだった。にっこり笑って消えていったよ」

「消えた……」

「甘いもの全般が好きだったみたいだけれど、やっぱり、いちばん心残りなのは神社の千歳飴だったようだね」

楽しみにしていた千歳飴。それを口にできて、童女はやっと満足し、成仏できたということなのだろう。

「そうか……。そうなら、よかったけど……」

本当に成仏したのか？　と疑う気持ちがないわけではなかったが、千歳飴の袋に印刷された鶴亀の絵柄を見ていると、そんな懐疑心もゆるやかに融《と》けていく。

おさな子の成長を祝う七五三。千歳飴の名称には、千年の長寿に恵まれますようにとの願いが込められている。あの被布姿の童女は短命に終わってしまったけれども、優しい甘味に言祝《ことほ》がれて、きっと成仏したに違いない。

「怪談男爵、怪異をまたひとつ解決、ですね。これも除霊になるのかな？」

虎之助がメモを取りながら、そう独り言《ご》ちる。

「除霊？　まさか」晴行は首を横に振った。

「ぼくは道に迷っていた女の子を送り届けてあげただけだよ」

「『──と、怪談男爵は言うのであった』っと」

虎之助がペンをさらさらと走らせる。

神社の前まで市電で来ていながら、境内にたどり着けずにいた童女。彼女が晴行の導きによって鳥居をくぐり、待望の千歳飴をようやく頬張れたのなら――

(よかったねと言ってあげてもいいか)

静栄もそうは思ったが、もやもやした気分が完全に晴れたわけではなかった。亡霊といっしょに降車した晴行の身を案じつつ、ひと区間、無我夢中で走り詰めたのだ。文句のひとつも言ってやりたくなる。

「あのな、ハルちゃん」

言ってやるぞと意気ごんだものの、静栄の口から出てきたのは文句ではなく、友の身を案じる言葉だった。

「ハルちゃんは優しすぎるよ。もう死んでいる者にまで、そこまでしなくてもいいのに」

「いや、でも、ほっておけないし」

「その優しさが、いつか仇《あだ》になりかねないぞ」

「仇？　大袈裟《おおげさ》な。シズちゃんは心配性だなぁ」

なんの不安もなく晴行は笑う。その姿がまぶしくて、同時になぜか切なくなって、静栄は友人から目をそらし、神社の鳥居を見上げた。

鳥居の遥か先、晩秋の夕空は早くも暗くなり始めて、砂子《すなご》のごとき小さな星がぽつりぽつりと輝いていた。

第二話　辻斬り桜

宵闇《よいやみ》の中、ほの白い花を咲かせた桜の木が道なりに続いている。それも数えきれぬほど。三分咲きからほぼ満開と、まさに見頃。月光のみならず街灯の明かりに照らされて、春の夜の夢のごとき風情をふんだんに醸《かも》し出している。さらには広い池——不忍池《しのばずのいけ》のむこうに浅草《あさくさ》名物の展望塔である凌雲閣《りょううんかく》、別名・浅草十二階がそびえ、独特の幻想的な光景を創り出していた。

江戸の昔から、大正の御世《みよ》でも、ここ上野《うえの》は桜の名所だ。花の季節は、昼も夜も大勢の見物人がくり出し、浮き世の憂《う》さを忘れて浮かれ騒ぐ。……はずなのに、それらしき人影はなく、宴《うたげ》に興じる囃《はや》し声や音曲《おんぎょく》も聞こえてこない。代わりに、あわただしく走りこむ複数の足音と怒鳴り声が夜に響き渡る。

「そっちに行ったぞ」

「気をつけろ。やつは刀を持っている」

口々にそう言い合いながら桜並木の下を駆けていくのは、上野の山を管轄とする東上野署の警官たちだった。

そろいの制帽に詰襟《つめえり》の制服、腰に下げているのは官給のサーベルだ。昔ながらの刺叉《さすまた》(長い棒の先に二股《ふたまた》に分かれた金具を取り付けた武器)を手にした者も交じっている。

彼らは、上野周辺に最近、出没する辻斬《つじぎ》りを追っていた。幕末の混乱期さながらに、日本刀をひっさげた何者かが夜陰《やいん》に乗じて通行人に襲いかかり、ひと太刀《たち》浴びせて去っていくというのである。

すでに被害者が三名出ており、うち二名が命を落とした。被害者同士に関連性はなく、襲われる心当たりもなく、三人とも夜桜に誘われ、個々に上野を歩いていた折に難に遭《あ》っている。その話が広まるや、上野から夜桜見物の客がきれいさっぱり消えてしまった。

軍人や警官など一部の例外をのぞき、帯刀を禁じる廃刀令が発せられたのは、明治九年。ただし、所持そのものが禁じられたわけではないため、引き続き刀を手もとに置く者は少なくなかった。犯人の手がかりもないまま、警官たちは上野一帯を警邏《けいら》してまわり、ようやく怪しい人物を発見したのだった。

「あいつだ」

警官のひとりが指差した先、不忍池のほとりに男がひとり、たたずんでいた。カンカン帽に下駄履《げたば》き、トンビと呼ばれるケープ付きの和装コートを身に着けている。生き残った被害者が証言した、「消し炭色のトンビを着た四十代くらいの男」とも一致していた。

それ自体は珍しい服装でもない。が、何よりの決め手として、トンビの裾《すそ》の下から長い刀身が覗《のぞ》き、ぎらりぎらりと月の光を弾いている。

警官たちはすぐさま男を囲んだ。うちのひとりが舞台劇さながらに勇ましく言い放つ。

「警察だ。観念してお縄につけ」

消し炭トンビの男は怖《お》じることなく、ゆっくりと警官たちを見廻《みまわ》した。丸眼鏡をかけ、控えめな口髭《ひげ》を生やした中肉中背の男で、とても殺しなどしでかしそうに見えない。警官たちも、男の風体と落ち着きはらった態度にいささか鼻白んでいた。

そこに隙《すき》が生じたのは否《いな》めない。

消し炭トンビの男がいきなり動いた。いちばん近くにいた警官に飛びかかり、手にしていた刀をふるったのだ。

銀色の軌跡が空《くう》を薙《な》ぎ、次の瞬間、何かが地面にぼとりと落ちた。サーベルを握った警官の手だった。

斬られたほうは遅れて驚愕《きょうがく》の悲鳴を放ち、傷ついた腕を押さえてその場にうずくまった。同僚を傷つけられた警官たちは怒声を張りあげ、いっせいに消し炭トンビの男に迫った。

四方八方から警官のサーベルが突き出される。消し炭トンビの男は手にした刀で次々にサーベルを弾き返していったが、尺の長い刺叉に胴を突かれて体勢をくずした。

別の刺叉が、背面から男の肩を押さえこむ。くはっと口から息を吐いて、ついに男は地面に倒れ伏した。その手から刀が離れたと同時に、手錠《てじょう》がガチャリとかけられる。

った。


「確保！　確保！」

「やったぞ。上野の辻斬りを捕まえたぞ」

「われらの勝利だ！」

　上野の夜に警官たちの勝ち鬨《どき》の声が響き渡る。半世紀ほど昔、この場所で旧幕府派と新政府の軍勢が激突し、多くの血を流したときさながらに。

　咲きこぼれる桜の花たちは、そんな血塗られた過去を静かに思い返しているかのようだった。

　冴《さ》え渡る月光のもとでは、ほの白く玲瓏《れいろう》として見えた桜の花が、晴れ渡った青空のもとでは、恥じらう乙女の頰《ほお》のように薄紅《うすべに》色を帯びている。

　花の下、露店がずらりと並んだ通りには、老若男女《ろうにゃくなんにょ》が大勢押しかけている。辻斬りにおびえ、ひと気の少なくなっていた上野の山は、犯人逮捕を機に一転、それまで我慢していた分を取り戻そうとするかのように、大勢の人出でにぎわっていた。

　そんな花盛りの上野を、スーツ姿の青年と和装の中にスタンドカラーの白シャツを着込んだ大学生――籠手川晴行《こてがわはるゆき》と室静栄《むろしずえ》のふたりが肩を並べて歩いていた。

「あいかわらずというか、今年は例年以上ににぎわっているなぁ」

しきりに感心する晴行に、真面目な静栄は眼鏡を少し持ちあげて素っ気なく返した。

「昨日の晩、辻斬りが捕まったそうだから。その反動もあるんだろう」

「だね。維新《いしん》から半世紀以上も過ぎているのに辻斬りとはねえ」

花に浮かれるひとびとの中には、制服姿の警官もちらほら交じっていた。辻斬りはすでに捕まったものの、羽目をはずす酔客は少なくなく、厳重な監視が必要とされていたのだ。

花見する酔っぱらいたちに静栄が厳しい視線を向けるのとは対照的に、晴行はいたって寛容だった。花に対しても、ひとに対しても、等しく愛《いと》おしげに目を細めている。

「春の花に心が浮き立つのは平安の昔から変わらないな。『世の中にたえて桜のなかりせば』って」

春の心はのどけからまし――世の中から桜が消えてしまえば、春にこんなに心が浮き立つこともなくなるだろうにと、桜への深い愛着を歌った、平安時代の歌人・在原業平《ありわらのなりひら》の古歌を口ずさむ。そうやって桜を背景にしていると、晴行自身が桜の精霊であるかのようだ。

しかし、彼らが桜花の風情にひたっていたのは、そこまでだった。

「そうだ。せっかく来たんだし、茶屋で団子餅《もち》でも食べていかないか?」

「団子餅」

静栄の目から険が消えて、視線は遠くの茶屋の店先で揺れる『三色団子』の小旗に吸い寄せられていく。それほどまでに甘味が好物だったのだ。

ふふっと笑った晴行の背後が、急に騒がしくなった。何事かと振り返ると、職人風の若い男がふたり、互いに袖《そで》をまくりあげて睨《にら》み合っている。

「なんだと、もういっぺん言ってみろ」

「おうよ。この際だから何度でも言ってやるぜ、この唐変木《とうへんぼく》が。いつもいつも、小うるさいんだよ。小姑《こじゅうと》か、おまえは」

「おまえが同期の中でいちばん仕事が遅いから、親切心で教えてやってるんだろうがよ」

わかりやすい喧嘩《けんか》だった。罵声《ばせい》を浴びせ合うふたりを、いっしょにいた職場仲間とおぼしき男たちは止めるどころか、逆に焚《た》きつけている。たまたま近くを通りかかった子供連れの御婦人は、眉をひそめて小走りになる。が、子供――いがぐり頭の小さな男の子のほうは親の動きにすぐには対応できず、その場にべしゃりと転んでしまった。

母親があわてて息子を助け起こそうとする。そこへ、喧嘩中の男が一方に手荒く突き飛ばされてきて、危うく親子にぶつかりそうになった。

その刹那《せつな》、晴行は素早く動き、男の肩をつかんで逆方向に押し返した。男はうわっと叫びつつ喧嘩相手に正面からぶつかり、ふたりまとめて地面に倒れこむ。

あっけにとられている親子に、晴行はあでやかに微笑《ほほえ》みかけた。

「大丈夫でしたか?」

「は、はい。ありがとうござ……」

晴行の美男ぶりに圧倒されつつ、母親が礼を言いかけたところで、起きあがった酔っぱらいふたりがいっせいに吼《ほ》えた。

「何しやがるんだ、てめえ」

「やる気か、色男さんよ」

喧嘩をしていたはずのふたりが、突然、目の前に現れた美男子を共通の敵と認識し、そちらに標的を変更したのだ。彼らの剣幕におびえ、いがぐり頭の男の子がわっと泣き出す。

しかし、晴行は飄々《ひょうひょう》としたものだった。

「いいや、やる気はないとも。だけどね、花に浮かれるのは仕方がないとしても、御婦人や子供に迷惑をかけてはいけないよ」

至極真っ当な忠告も、酒のまわった相手には通じなかった。

「なんだと、このぉ」

「ふざけるな、このぉ」

巻き舌気味に威嚇《いかく》された晴行は、肩をすくめながら両手を広げた。

「やれやれ。あきれるほど単純だな」

酔っぱらいふたりの仲間も全員、酒が入っていて、止めるどころか、逆に「やっちまえ、やっちまえ」と囃し立てる。通りがかりの他の花見客たちは、遠巻きに眺めるばかりだ。

そこに数人の警官たちが駆けこんできた。先頭に立つのは静栄で、「早く、こっちです」と警官たちを導いている。

「おいこら、おまえたち何をしている！」

警官に恫喝《どうかつ》され、酔っぱらいどももひるむかと思いきや、

「うるせえ、公僕が」

酔った職人たちの誰かが勇ましく吼え、酒の入った猪口《ちょこ》を警官に投げつけた。人出の多さに疲れ、警邏の大変さに憂さをためこんでいたのか、警官たちはたちまち激昂《げきこう》した。

「逮捕だ、逮捕！　全員、その場を動くな！」

これはまずいと逃げ出そうとする職人たちに、警官たちがわっと襲いかかり、押さえつけ、問答無用で手錠をかけていく。悲鳴と罵声が入り混じり、あたりは騒然となった。

「あはは、これはいいや」

と、笑って見ていた晴行の腕を誰かがつかんだ。てっきり静栄だろうと思って振り返っ

た彼の目の前には、厳《いか》めしい顔つきの警官が立っていた。えっ、と言ったと同時に、ガチャリと乾いた音が響いて、晴行の手首に手錠がかけられる。

「ぼくも?」

「四の五の言うな」

警官は聞く耳持たずに晴行を引っ立てていく。静栄がそれに気づき、

「ちょっと待った。彼は……」

連行を止めようとするが、集まってきた野次馬に行く手を阻まれて晴行たちに近づけない。逮捕劇の喧噪《けんそう》にまぎれて、呼び止める声もかき消されていく。

晴行も連れて行かれながら「だから、ぼくは無関係……」と説明を試みるも、

「うるさい。言いたいことは署で言え」

と一喝《いっかつ》されてしまう。

困ったなぁと晴行はぼやいたものの、言うほど困ってもいなかった。籠手川男爵家の名を出せば、即座に解放されるだろうことはわかりきっていたのだ。が、野次馬の好奇の視線がたっぷりと降り注がれている中、男爵でございとやるのは憚《はばか》られた。

それに、逮捕など滅多にできる体験ではない。いい機会だから警察署の中を見物してくるかと、もとから大らかな晴行は実に気楽に考えていた。

——ところが。

いざ東上野署内の留置所をまのあたりにすると、その狭さと不衛生ぶりに晴行はげんなりしてしまった。しかも、上野で酔っていた職人たちといっしょの房に入れられそうになり、さすがにそれは勘弁して欲しいと晴行でも思った。

「もっと広くてきれいなところはないのかなぁ」

「ああ？　何を言っているんだ、おまえは」

威嚇する警官に、晴行は履いている靴下の中から紙幣を取り出し、ちらつかせた。警官はあからさまにたじろいだ。

「ど、どういうつもりだ」

「花見の混雑にまぎれて掏摸《すり》が出るそうだから気をつけなさいと母に言われて、念のため、予備に。よろしかったら、どうぞ」

財布などの所持品はすでに押収されており、予備の一枚があったのは不幸中の幸いと言えた。にっこり微笑まれて差し出された紙幣を、警官は素早く受け取り、背中を向ける。

「おまえはこっちに来い」

狭くて不潔な房にまとめて押しこまれた職人たちからは、当然、抗議の声があがったが、誰も耳を貸しはしない。晴行はそのまま別の監房へと連れて行かれた。

職人たちの房と広さや設備自体は大して差がなくとも、向かいの房にひとり押しこめられているだけで、ひとり一房と、密度が全然違う。薄暗く、微《かす》かに饐《す》えたにおいはするものの、とりあえず掃除はされている。あえての難点は、向かいの房の男がしくしくとすすり泣き、湿っぽい空気をふんだんに作り出していることだろうか。

チャコォルグレイ——消し炭色のトンビをまとった中年の男だった。作り付けの寝台に腰かけ、脇に丸眼鏡を置き、胸にカンカン帽を抱えこんで、自らが置かれた状況を憂《うれ》うかのように身も世もなく泣いている。先ほどとはまた違った陰気な光景に、晴行はここでもげんなりしてしまった。

「辛気くさいなぁ」

「贅沢《ぜいたく》を言うな」

警官は彼を叱りつつ、もう一枚紙幣が出るのを期待する顔をしていた。が、別の房を斡《あっ》旋《せん》してもらう資金はもうない。晴行は仕方なく、消し炭トンビの男の向かいの房に入った。

鉄格子《てつごうし》の扉が音を立てて閉められ、鍵がかけられる。臨時収入はもうないと知った警官はさっさとその場を去って、晴行は鉄格子を挟んで消し炭トンビの男とふたりきりになった。

しばらく、消し炭トンビの男はすすり泣くばかりで、顔を上げもしなかった。晴行は寝台に腰かけ、ジャケットの内ポケットに手を入れて煙草《たばこ》を取り出そうとし、それもまた押収されていたのだと思い出して天井を仰ぐ。

たぶん、シズちゃんがなんとかしてくれるさ——と暢気《のんき》に構えていたが、留置所見物にはものの数分で飽きてしまっていた。ならばと、別の方向へと好奇心を向ける。対象は向かいの房ですすり泣いている中年男だ。それ以外に選択の余地はなかった。

「何をそんなに泣いているのかな?」

声をかけて、しばらく間があってから、男は顔を伏せたままでつぶやいた。

「わたしは悪くない」

「……大抵、そう言うね。良からぬことをした者は」

これまでの実体験から出た言葉だったが、言われたほうは顔を上げ、涙で血走った目で晴行を睨みつけた。

「あ、あんたに何がわかる」

憎々しげに声が震える。控えめな口髭をたくわえた人相は、なるほど普通で、良からぬことをしでかしそうには見えなかった。とはいえ、この状況で「わたしは悪くない」と言われても信憑性《しんぴょう》は薄い。

男は盛大に鼻をすすりあげた。

「わたしは、わたしはただの古物商だ。この歳《とし》まで、御徒町《おかちまち》でずっと真面目ひとすじに商売を続けてきた。なのに、どうしてこんな目に遭わなければならんのだ」

「古物商か……。盗品とわかって扱ったのがバレたとか、そういうことかな?」

当てずっぽうで言ってみると、男はあははと自嘲《じちょう》気味に笑った。

「その程度、この業界では誰でもやっている。贋作《がんさく》だとわかっていながら高値をふっかけるくらい、日常茶飯事だ」

「おいおい。誰でもは大袈裟《おおげさ》だし、そんな日常を送っていたなら真面目ひとすじと言えないのでは?」

晴行の指摘を頭から無視して、男は自分の言いたいように続ける。

「だがな、刃物を他人に向けたことは、これまでただの一度もありはしなかったぞ」

「それが普通だって」

「なのに、なのに……」

感情がこみあげてきたのか、新たな涙が男の目から湧いて出てきた。彼は手の甲で目をごしごしとこすりながら訴えた。

「あの刀だ。間違いなく、あの刀のせいなんだ」

「刀？」

上野で刀といえば、もしや——と晴行は思った。

「もしや、上野の辻斬り？」

「わたしには佐原正悟《さはらしょうご》という名がある。御徒町の佐原商店の店主だ」

辻斬り呼ばわりされるのが本気で厭《いや》だったらしく、彼は名乗りをあげた。

「同業者から店に持ちこまれて……。詳しい来歴は持ちこんだやつも知らないと……。とにかく引き取ってくれ、安くて構わないと言うものだから……」

妙な流れになってきたぞと晴行は思った。

言い訳自体は、生物として持った防衛本能から発せられる行為であり、誰しもがやる。ただし、それを連発されたり、事実の隠蔽《いんぺい》のために用いられるのはいただけない。この場合はどうなのだろうと、晴行は自分の顎《あご》先に指を添え、考えてみた。考えてもわからないので訊《き》いてみた。

「その刀のせいで凶行に及んだと？」

「あ、ああ」

「とにかく引き取ってくれと言われた段階で、危ないとは思わなかった？」

「確かに、刀を手に入れてからずっと悪い夢を見るとか、とにかく気味が悪いからとか、相手もいろいろ言っていたが、そんな話をいちいち真に受けていたらきりがないから」

「うん、きりがないいな」

ここのところ、怪異に遭遇する機会がやたらと多くなった晴行は、実感をこめて首を縦に振った。

世に流布される幽霊譚《たん》も、見世物小屋の河童《かっぱ》のミイラも、どこまでが本当やらと疑っていた。ところが、ひとたび関わってしまうと、次から次へとそういう話が舞いこんでくる。挙げ句、〈怪談男爵〉などと呼び名がつけられ、その活躍を日《ひ》ノ本《もと》新聞に取りあげられるようになった。

晴行自身は、興味半分、面白半分、仕方がないよ、流れでそうなったんだし程度の認識だ。友人の静栄は真面目すぎるものだから、この状況にいささかオカンムリだ。いちおう、新聞記者の諏訪《すわ》虎之助《とらのすけ》には、籠手川男爵家の名は記事に出さぬよう釘を刺してあり、いまのところ、それは守られている。厳格な母親に知られさえしなければ、晴行としては特に問題がなかった。

「それで、妖《あや》しい刀を二束三文で買い取ったわけだ」

「二束三文……。まあな」

　刹那、下卑《げび》た表情が佐原の顔に浮かんだ。自覚はあったのか、彼はあわてて弁解した。

「だがな、刀の鞘《さや》には気味の悪い札まで貼ってあったんだぞ。しかも抜けないようにと、わざわざ鍔《つば》に引っかけてあった。そんないかにもな物を引き取ろうっていうんだから、むしろ感謝されてもいいくらい……」

「気味の悪い御札？」

「ああ。真っ赤な紙に墨《すみ》で、文字なんだか模様なんだか、よくわからないものが書かれてあって、見るからにおどろおどろしげで。とにかく、それを剝がさないと刀身を確かめられないものだから剝がして、札はとりあえず机の上にあった帳簿の間に挟んでおいた」

「お祓《はら》いとかは？　それもせずに？」

　怒った口調で佐原は質問に返した。

「そんな暇も金もない」

「そうなんだ」

「刀身は多少の刃こぼれはあったが、この程度なら引き取り手はいるなと思った。柄《つか》に施された桜の目貫《めぬき》や鍔の拵《こしら》えも悪くなかったし、いい買い物だった。と言っても、焼け石に水なんだが」

「もしかして、借金がある？」

佐原はたじろぎ、少し間を置いてから「ああ」と、しぶしぶ認めた。

「返済期日が迫っていて。もう店を手放すしかないのかと考えていたら眠れなくなって。それでも、なんとか寝ようと店の二階の部屋で横になっていたら……、そうしたら……、その夜、なんだか……」

急に虚《うつ》ろな口調になって佐原は言った。

「刀が呼ぶんだよ」

「刀が呼ぶ」

ああ、と佐原はうなずいた。ここにはないものを追うような遠い目をして、聞こえない物音に気を配るかのように、ひそめた声で続ける。

「カタカタ、カタカタという音が聞こえてきて」

「鍔鳴りか」

「あの刀だなとすぐにわかった。気味が悪かった。箱にしまって下の階の奥に置いていたから、二階にいて聞こえるはずがないのに。ひょっとしたら泥棒かもしれないと思って階下に降りていった。誰もいなかった。音はやっぱり、刀をしまった箱の中から聞こえていた。カタカタ、カタカタと……、わたしを呼んでいたんだ。間違いなく」

そのとき彼が味わったであろう恐怖が、佐原の表情に染みのように広がっていった。

「無視することもできずに、箱をあけて確かめた。途端に音はしなくなったが、見たところ変わった点は何もなかった。中にネズミがまぎれこんでいたとか、そういうこともなしだ。わたしは念のため、鞘を手に取り、刀を抜いた。——その瞬間、抱えていた悩みはすべて消えてしまった」

告白したと同時に、本当に佐原の顔から恐怖も憂いも消え、仙郷《せんきょう》に遊ぶがごとき陶然とした表情が出現した。佐原は膝《ひざ》の上からカンカン帽を落とし、両手を握り合わせて感動に身を震わせた。

「あの刀がわたしを苦しみから解放したのだ」

神を崇《あが》め奉《たてまつ》るような口ぶりに対し、晴行は冷ややかに告げた。

「つけこまれたな」

佐原はぎょっとしたように晴行を振り向いた。陶酔の表情はたちまち霧散し、代わりに後悔と苦悩がそこに取って代わる。

解放されたように感じられても、実際は借金がなくなったわけではない。それどころか、手にした刀で三人も襲い、うちふたりを死に至らしめている。自業自得の要素がなくはないとはいえ、妖刀につけこまれた代償はあまりに大きい。

佐原は再び肩を落とし、頭を抱えこんだ。

「そうなんだ。つけこまれた。欲に目がくらんでいたせいだ。けれども、こんな話をしたところで、誰も、誰も信じてはくれない。警察も全然、耳を貸してくれなくて……」

さめざめと佐原がまた泣き始める。妖刀話が警察に通じるとは晴行にも思えず、慰めの言葉もない。ううんとうなって、彼は眉根を寄せた。

(賢いシズちゃんなら、心神喪失だったと主張させるか？　でも、それも苦しいだろうに)

気の毒だが何もしてあげられない。長年の阿漕《あこぎ》な商売がこういう結果を招いたのだと、口に出す気にもなれない。こんな落とし穴が待っているとは、誰も想像しなかったろうから。

(しかし、上野の辻斬りが本当に妖刀の仕業だったとしたら、……トラさん、取材に来るかな？)

薄暗い監房の中で、晴行はそんなことを漫然と考え、気持ちをまぎらわせていた。


自他共に認める三流の日ノ本新聞社は、怪談記事に力を入れている。

記者の諏訪虎之助は、顔なじみの警官を東上野署内で捕まえ、メモを片手に妖刀話を聞きこんでいた。

「鍔鳴りに誘われて、か……。いかにもですね」

「いかにもすぎて、なんなんだか」

警官のほうは、佐原の証言などはなから信じていないことを隠そうともしない。

「みんな、自分は悪くないって言いたがるのさ。誰も彼も面倒事は他人に押しつけて。うちの署だって、そうだとも。この間なんか……」

このままだと、職場の愚痴《ぐち》がぐだぐだと続きそうだった。その前にと虎之助は話を切りあげ、社に戻るべく東上野署を出た。

すでに陽《ひ》は傾きかけ、西の空はうっすらと橙《だいだい》色に輝いている。庁舎の前で立ち止まり、この時間に社に戻ると残業になりそうだな、直帰しようかなと考えていたところで、虎之助は往来にふと見知った顔をみつけた。白いシャツに袴《はかま》の和装を重ねた眼鏡の青年——室静栄と遭遇したのだ。

「シズさんじゃないですか」

「諏訪さんか」

静栄は露骨に眉をひそめたが、彼の気難しさにだいぶ慣れてきていた虎之助は構わず、

「どうして、ここに？　今日はひとりで？　いつもいっしょのハルさんは？」

続けざまに尋《たず》ねてから、静栄がひとりではなく連れがいることに遅まきながら気がついた。

黒縮緬《ちりめん》の羽織をまとった四、五十代とおぼしき丸髷《まるまげ》の女性だ。背すじがしゃんとのび、毅然《きぜん》としている。もしかして、お母さまですかと虎之助が訊く前に、

「静栄さん、こちらのかたは？」

連れの女性に問われ、静栄は一瞬、困った顔をしてから、

「新聞記者の諏訪虎之助さんです。馴染《なじ》みの甘味処《かんみどころ》で、よくいっしょになるもので」

と説明した。嘘《うそ》ではなかった。

「諏訪さん、こちらはハルちゃんのお母さま」

「えっ」

あの籠手川男爵の御母堂《ごぼどう》と知るや、虎之助はあわてて新聞社の名刺を引っぱり出し、低姿勢で彼女に差し出した。

「諏訪虎之助と申します。籠手川男爵にはずいぶんとお世話になって、おかげさまで弊社の新聞も……」

そこまで言いかけ、静栄がものすごい形相になっているのを見て取り、言葉を呑《の》みこむ。

『花咲く帝都に怪異を愛する美貌《びぼう》の男爵あり。ひと呼んで怪談男爵！』と称し、晴行の怪

異がらみの活躍を記事にしていることは、彼の母親には絶対に知られてはならない極秘事項だったのだ。

「……記事を書く上で、いろいろと助言をいただき、本当に助かっております。はい」

これも嘘ではなかった。

晴行の母は名刺を受け取り、丁寧に頭を下げた。

「息子がお世話になっております」

「いえいえいえ、とんでも、とんでもです」

挨拶《あいさつ》をされているだけなのに、なぜか気圧《けお》されてしまい、虎之助は助けを求めるように静栄のほうを向いた。

「それで、あの、もしかして、これから東上野署に?」

まさかと思いつつ問うと、静栄は渋い顔で首を縦に振った。

「ハルちゃんが中で拘束されている」

「拘束ぅ?」

「上野の山で酔っぱらい同士の喧嘩に巻きこまれたんだ。明らかにとばっちりで、ハルちゃんは無関係だった。なのに、警官は全然、理解してくれなくて」

「ああ、まあ……、いまの時季は特にいそがしいですからね。辻斬り事件もあったしで、警察のほうもいつも以上に気が立っていたのかも」

「釈放して欲しいのなら身元引受人として家族を呼んでくるようにと言われて、それで尊《たか》子《こ》おばさんを」

「籠手川尊子と申します」

彼女が言葉を発するたびに、その場の空気がいい意味で緊張し、澄んでいくのを虎之助は体感していた。以前、晴行の経歴を調べた際に、母親の尊子のことも多少は把握《はあく》できたのだが、それによると彼女は早くに夫を亡くし、息子が成人するまでの十数年間、女戸主として籠手川家を守ったとあった。なるほど、この凜《りん》としたたたずまいの御婦人なら、それもまた可能だったのだろうなと妙に納得してしまう。

「ああ、じゃあ……、案内しますよ。仕事柄、ここにはよく顔を出すので」

この提案に静栄は一瞬、迷う素振りを見せたが、尊子は「痛み入ります」と、虎之助の厚意を素直に受け容れてくれた。

「いえいえ。お気になさらず」

これでまた怪談男爵の記事が書けるかもしれない。上野の辻斬り関連だったりしてもいいなと、虎之助は無邪気に期待を膨らませていた。

その頃、署内の一室では先輩後輩の警官がふたり、上野の辻斬り犯、佐原正悟の所持品を前にしていた。佐原が経営する御徒町の店舗から押収してきた物品も部屋の隅《すみ》に積まれてはいたが、やはり最も目につく品は、凶器として用いられた刀だった。

「へえー、これが上野の辻斬りの」

後輩のほうは子供のように目を輝かせ、机の上に置かれた日本刀に見入っている。

漆《うるし》塗りの鞘に収められ、長さはおおよそ三尺（約一メートル）ほど。パッと見は華美ではないものの、柄の中央部に付けられた小さな目貫は桜の花、鍔にも満開の桜の木と散る花びらが彫られ、花びら数枚には金が施されて、なかなか凝《こ》っている。

後輩警官が特に熱心にみつめているのは、鍔の桜の意匠だった。この刀を手にした男が桜咲く上野の夜を徘徊《はいかい》し、ひとびとを恐怖に震えあがらせたのだと思えば、鍔の上の花びらが意味のあるものに見えてくるのは仕方あるまい。あるいは、そうやって、見る側が見られる側に意味を、力を与えているのかもしれなかった。

好奇心の高まりに我慢ができなくなり、後輩警官はそろそろと刀に手をのばした。その軽率すぎる行動に、先輩警官がぎょっとして即座に注意する。

「おい、こら。触るなよ」

「はいはい。わかっていますよ。わかってますよ」

「二度、言うな。うっとうしい」

軽みの抜けない後輩と、それを疎《うと》ましく感じる先輩の間で、剣呑《けんのん》な空気が流れた。が、この程度ならよくある場面、いつものことだと言えなくもない。

後輩は腹立たしさを抑えこみ、この場から離れようとして、名残《なごり》惜しげな一瞥《いちべつ》を日本刀に向けた。どうしてこんなにあの刀に惹《ひ》かれるのだろうと、自分でも内心、訝《いぶか》しみながら。

一度でいいから、あの刀を手に取ってみたかったな、そんな機会はもうないんだろうなと、惜しみながら。

本当に、どうしてこれほどあの刀に惹かれるのか……。

疑問に対する答えを出せないまま、後輩警官は再度、刀に手をのばした。先輩警官はさすがにあきれ顔になり、声を荒げる。

「おいこら、証拠品だぞ。触るなと言っ……」

みなまで言う前に、後輩警官は刀を握り、鞘から抜いていた。

次の瞬間、先輩警官は斬られ、驚愕に大きく目を見開いたまま床に倒れた。

まだ息はある。わが身に何が起きたのか、理解できぬとばかりに震えている。そんな先輩に後輩が近づいていく。楽しげに、ニヤニヤと笑いながら。

「はいはい。わかっていますよ。わかっていーまーすーよー」

わざとらしく二回くり返して、後輩警官は床に横たわる先輩めがけ、容赦《ようしゃ》なく刀を振りおろした。


身元引受人が来たぞと警官に教えられたとき、晴行はてっきり静栄だと思った。

ところが、留置所から解放されて向かった一階の部屋で、待っていたのは母親の尊子だった。さらに静栄と、なぜか記者の虎之助まで尊子にくっついてきている。

「ええっと、これは……」

「すみません、辻斬り事件の取材に来ていたもので」

戸惑う晴行に、虎之助が愛用のハンチング帽を脱いで申し訳なさそうに言った。

「社に戻ろうとしていたら、警察署の前でシズさんたちとばったり。ホント、それだけですから。甘味処でよくごいっしょします、お世話になっていますとしか言ってませんから」

怪談男爵うんぬんのことは母君にバレていませんよと伝えたかったのだろう、盛んに目配せをしてくる。必死な虎之助に、うんうんと晴行はうなずき返した。

「わかった、わかった。それにしても、トラさん、いいところで逢《あ》った。実は、トラさんに聞かせたい話があるんだ。留置所で、なんと上野の辻斬り犯と向かい合わせの監房に入れられてね」

「本当ですか！」

虎之助はハンチング帽をかぶり直し、さっそく取材用のメモを取り出した。そこに、

「晴行さん」尊子の凜とした声が割りこんでくる。

「母に言いたいことはありませんか？」

関係ないはずの虎之助が露骨にたじろいでいる。静栄は自業自得だと言わんばかりの顔をしている。晴行は肩をすくめ、微苦笑を隠して母親に向き直った。

「そうでしたね。こんなところにまで御足労いただきまして本当にありがとうございます、母上」

殊勝に礼を言う息子に、尊子は首を軽く縦に振った。だからといって許してやったわけではなく、さっそく小言が始まる。

「わかっていますね。籠手川家の者が警察の世話になるなど、断じてあってはならないことなのですよ。いくら巻きこまれたとはいえ、油断や甘えがあったのだと言われても仕方がない。そうは思いませんか、晴行さん」

「はい、母上」

「こたびの不始末、あなたのお祖父《じい》さまがまだ存命だったら、どれほどお怒りになったことか。籠手川道場創設者のお祖父さまは、それはもう厳格で……」

これは長くなりそうだと察したのか、それまで黙っていた署の係員が、「すみません。こちらの書類に住所とお名前をお願いしたいのですが」と言いながら、書類を尊子に差し出してきた。尊子は小さなため息をついて書類を受け取り、紙面に目を走らせる。

その間に、ひそひそ声で虎之助が「大変でしたね、ハルさん」と話しかけてきた。

「そうでもない。なかなか面白かったよ。ところで、御徒町の佐原商店っていう古物商の店、知ってる?」

「はい。そこの店主だったんですよね、辻斬りの犯人」

「話が早いな」

「顔馴染みの警官から、顛末《てんまつ》を聞きましたから。かなりあくどい商売をやっていた難ありの人物で、今回のことも刀のせいだとか言っているんですって? まあ、そのほうが〈上野妖刀事件〉って見出しに書けてありがたいんですけど」

「トラさん、そこまで知っているなら、犯人の店の場所も知ってる? 実は、そこに行って探してきたい品があるんだ」

「なんですか、それって」

二十歳《はたち》の男爵と二十二歳の新聞記者が、十歳の悪童のようにコソコソと話している。そこに、静栄が風紀係のごとく割って入った。

「勾留《こうりゅう》までされたっていうのに懲《こ》りもせず、また何か面倒事に首を突っこむ気なのか？」

虎之助はバツが悪そうな顔をしたが、晴行はてらいもなく、

「だって面白い話を聞いてきたものだから」

と前置きして、留置所で聞いた話を静栄と虎之助にざっくりと伝える。佐原商店に行って探してきたい物とは、妖刀から剝がされ、いまは帳簿に挟まれているはずの札だということも。

「真っ赤な紙に不気味な文字が書かれた札……。いいですねえ、いかにもで」

これはネタになるぞと虎之助は目を輝かせたが、静栄はあきれ果てて首を横に振った。

「どうしてまた、そんな、いわくありげな物を確保しようと思うんだか」

「〈怪談男爵〉なら見過ごせませんよね」

すぐ近くに尊子がいるのに、虎之助が嬉々《きき》としてその呼称を口にする。晴行と静栄がふたりして、しーしーと彼を咎《とが》め、虎之助のほうもあわてて自分の口を押さえこむ。幸い、尊子は息子の釈放手続きのために係員と話をしていて、晴行たちのやり取りは聞こえてい

ないようだった。

ふうっと息をついてから、虎之助が言った。

「でも、店の帳簿なら押収されて、いまこの東上野署内に保管されているかも」

「そうなのかい？」

「だって、辻斬り事件の犯人ですからね。たぶん、一階の倉庫にあるんじゃないかな」

「倉庫の場所、わかる？」

「わかりますけど、まさか」

「だって気になるじゃないか。実行犯は捕まったとはいえ、妖刀が事件を引き起こしたのなら、元の通りに札を貼っておいたほうが絶対にいいだろうし」

佐原が難ありの悪徳業者だったとしても、妖刀を手に取らなければ辻斬り事件までは起こさなかったはず。ひとを凶行にいざなう品が縛りもないままで置かれている状況を、変えられるものなら変えたいと、晴行は本気で思っていた。

さすがにそれはどうでしょうと、虎之助が難色を示し、静栄も、

「おいこら、ハルちゃん。またそうやって、頼まれもしないのに厄介事《やっかいごと》にかかわろうとするから——」

切れ気味の友人に叱られていたところに、「手続きが終わりましたよ」と尊子が告げて

きた。晴行だけでなく、静栄や虎之助までも背すじをのばして彼女に向き直る。手続きをしてくれた係員もだ。尊子はまるで、忠実な兵士たちに囲まれた外つ国《とくに》の女王のようだった。

「帰りますよ、晴行さん」

「母上、ぼくはちょっと寄り道を……」

「帰りますよ」

尊子に重ねて言われては、逃げ出すことも難しい。さすがの晴行もあきらめて、母親とともに部屋を出た。籠手川親子の後ろから、静栄と虎之助もついてくる。

東上野署は明治期に建てられた洋風の建造物だった。廊下の天井は高いが横幅は狭い。窓から斜めに西陽が射しこむさまは雰囲気があるのに、壁に沿って木箱やら掃除用具やらが置かれているせいで、ますます狭くなって、せいぜいがふたりまでしか並んで通れない。

倉庫はどこなのかなと、晴行は未練を残して、きょろきょろしたが、壁に掛かった案内板にはエントランスホールや道場の場所こそ矢印で示されていても、倉庫についてはなんの情報もなかった。仕方なく、尊子と並んでエントランスへと向かう。ところが、そのエントランスが何やら騒がしい。

近づくほどに、悲鳴と罵声と泣き声が入り混じって聞こえてくる。ひとりではなく、複数人が「やめろ、やめてくれ」だの、「正気に返れ」だのとわめいているのだ。

警察署の中で何事かが起きている。ただならぬ気配を察して晴行たちは先を急いだ。そこでは信じがたい出来事がくり広げられていた。

日本刀を手にした若い警官を、大勢の警官や職員たちが取り巻いている。彼のまわりでは、すでに数人が倒れ、血を流しつつ苦しげにうめいている。若い警官が手にした刀で彼らを傷つけたのは、疑うべくもない。

若い警官がこれ見よがしに刀をかざす。鋼《はがね》の刀身を犠牲者の血がなめらかに伝い落ちていき、鍔までも濡らしていく。若い警官は頬についた返り血を舌先で舐《な》め取り、ニヤニヤと笑っている。

「ハルさん、まさかあれは」

戦《おのの》く虎之助に、晴行は浅くうなずき返した。距離があって刀の細かな意匠までは見えないが、状況からして、あれは辻斬りの妖刀に間違いあるまい。

「取りこまれたか……」

警官たちにしてみれば、同僚が突如、乱心したとしか思えなかったろう。

「いったい、どうしたんだ。何が不満なんだ」

体格のいい髭の男が、若い警官に懸命に呼びかけている。おそらく、彼の上司だ。必死な上司に対し、若い警官は冷淡だった。

「まただ。あんたはいつもいつも、うるさいんですよぉ」

小馬鹿《こばか》にした調子で口ごたえし、上司に刀を振ろうとする。

待て、と晴行が怒鳴った。その脇を尊子が無言で駆け抜けていく。彼女の手にあるのは、廊下の隅に放置されていた掃除用の長柄モップだ。

止める間もなく摺《す》り足でエントランスの中央に踏みこんだ尊子は、若い警官の腕にモップの柄を鋭く打ちつけた。驚きと苦痛に若者の顔が歪む。尊子の表情は、彼とは対照的に、厳しさはあっても気負いはない。

彼女のおかげで妖刀の軌道は大きく逸《そ》れ、上司の身体《からだ》ぎりぎりをかすめただけに留まった。命拾いした上司はわなわなと震えつつ、後退する。

若い警官は振り返り、まなじりを吊りあげて尊子を睨みつけた。

「この！」

威嚇されても尊子はひるまない。逆に、

「お若いかた、邪念が多すぎます。隙だらけですよ」

冷静に指摘するや、モップの柄のほうを竹刀《しない》の要領で突き出していく。警官のほうも咄《とっ》嗟《さ》に対応してモップの柄に刀を打ち合わせるが、尊子の勢いはとどまらない。

まわり中が、突然、現れた女性剣士にあっけにとられていた。虎之助もそうだ。尊子のことをよく知っている晴行と静栄だけが、あきれはすれど驚いてはいない。

「さすが、尊子おばさん。見事な剣さばきだな」

静栄が純粋な讃美を口にし、

「いや、モップさばきだろ」

と、晴行が混ぜっ返す。母に出し抜かれ、少々拗《す》ねているのは否めなかった。

維新で功あって爵位を賜《たまわ》った晴行の祖父は、籠手川道場の初代道場主だった。そのひとり娘尊子は婿《むこ》を迎えるも夫に先立たれ、父も失い、まだ幼かった息子が成人するまでの中継ぎとして女戸主になり、籠手川家を守ったのだ。

尊子が守ったのは家だけではない。創始者から籠手川流剣術をも受け継いでいた。

品のいい丸髷の御婦人が長柄のモップを大太刀のごとく操り、乱心した若い警官の脇や腿《もも》を豪快に打ちつけていく。警官のほうも職務上、武道のおぼえはあるはずなのに、尊子にはひと太刀も浴びせられない。一方的に攻められ続け、たちまち壁際に追い詰められてしまった。

まさか、こんなことになるとは予想もしていなかったろう。若い警官は怒りに顔をどす黒く染めている。彼は破れかぶれの奇声を発すると、妖刀をまっすぐ突き出して尊子に向かっていった。

悲鳴が、まわりにいたひとびとからあがった。

尊子は顔色も変えず、若い警官の腕を長柄で払い、続けて彼の額へと一撃を見舞う。

若い警官の手から血まみれの妖刀が落ちた。一拍遅れて、彼は白目を剝《む》き、その場にどっと倒れこむ。完全に意識を失っていた。

うわっと周囲から、安堵《あんど》と賞賛の声があがった。尊子はひと息つくと、モップの構えを解き、床に転がる妖刀へと手をのばした。

「こんな物騒なモノを持ち出して……」

彼女としては危険物の確保くらいにしか思っていなかったのだろう。

晴行がハッとする。

「待ってください、母上」

それに触れてはいけないと警告する間もなく、尊子の左手が刀の柄を握る。

思っていたのと違う、といった戸惑いが一瞬、尊子の顔をよぎった。だが、それもつかの間、戸惑いは消えて、奇妙なほどに冷え冷えとした表情が取って代わる。

——取りこまれたのだ。赤き血に飢《う》えた妖刀に。

「母上！」

走り寄った晴行は、尊子が右手にまだ握りしめていたモップの長柄をつかんで、力任せに引いた。尊子は振り向きざま、左手に持った妖刀を晴行めがけて振るう。間一髪、凶刃《きょうじん》をかわした晴行は、同時に尊子の手からモップを奪い取っていた。

それができたのは、尊子が利き手ではないほうで妖刀を握っていたからだ。

尊子はあわてず騒がず、両手で妖刀の柄を握り直して身構えた。軸がしっかりとしたその立ち姿に、一分の隙もありはしない。周囲の者たちは、事態の急変にひたすら困惑するばかりだ。

これはきついな、と晴行は思った。いまでも三本中、一本は尊子に持っていかれるからだ。一撃食らわせて、母を昏倒《こんとう》させられればいいのだが、確実にそうできる自信は正直、なかった。

「トラさん、例の札だ」

視線は油断なく尊子に据えたまま、晴行は背後にいる虎之助に声をかけた。

「刀に貼ってあったやつを、押収品の中から取ってきてくれ」

「は、はい」

「シズちゃんもいっしょに行ってくれ。頼む」

「わかった！」

倉庫の場所を知っている虎之助が先に走り、静栄がそのあとを追う。ふたりがかりなら、札を探し出す時間もいくらか短縮されるだろう。それまで尊子の相手をし、隙あらば彼女の手から妖刀を奪い取らなくてはならない。だが……。

（隙などあるか？　あの母上に）

女性にしては背の高いほうでも、上背は確実に息子が勝る。体格や体力では晴行が有利だが、それでも埋められない技術の差がある。見る者が見れば、きっとわかるはずだ。エントランスにいた警察関係者たちは、状況を理解できずにいながらも、手出ししてはならない、できないことだけは肌で感じ、固唾《かたず》を呑んで見守っている。

晴行はモップの長柄を握り、腰を落として身構えた。尊子は息子よりさらに腰を落として妖刀を構える。彼女の眼光がおそろしいまでに研《と》ぎ澄まされる。相対する者の命を――それが息子であろうとなかろうと――本気で狩ろうとしている目だ。

次の瞬間、尊子が前に出た。創始者直伝の篭手川流剣法が晴行に迫る。

冗談じゃないぞ、と晴行は心の底から思いつつモップを振るった。鋼の刀身と木製の長柄がぶつかり合い、長柄があっさりと斜め斬りにされる。それも想定内と、短くなったモップを尊子にぶつけて、晴行はもと来た廊下へと脱兎《だつと》のごとく駆けこんだ。

剣技ではともかく、逃げ足ならば母に負けない自信があった。さらに言うなら、狭い廊下では長い刀剣は扱いにくい。いまのうちにモップ以上の武具を入手し、こちらも自在に動けるだけ広く、他者への被害が及ばないような場所に、尊子を誘導しなくてはならない。

　そのために向かうべくは——

（道場がある）

　晴行は走りながら、壁に掛かった署内の案内板を見やった。道場の場所は矢印でわかりやすく指し示されている。

「こちらへ、母上！」

　呼ばずとも、尊子はまっすぐ晴行を追ってくる。そうして、ふたりは誰にも邪魔されずに署内の道場へと到着した。

　夕陽が射しこむ道場には、幸い、誰もいなかった。壁には長さの異なる木刀が数本、掛けられている。晴行はそのうちの一本を手に取り、尊子に向き直った。

　すかさず尊子が打ちこんでくる。晴行はそれを木刀で払う。間髪容《い》れずに、尊子がまた打ってくる。それもかろうじて、晴行が払う。

　幾度、打ち合っただろう。自宅の道場で手合わせするときとはまた感覚が違い、どうにも間合いがはかりにくい。母の体力が消耗するのを待つつもりだったが、晴行も相当、体力気力を削られていた。正攻法ではどうしようもないのだと彼もようやく悟り、

「御免」

荒い息のもと、ひと言断ってから、尊子の脇に蹴《け》りを入れた。さすがに尊子の体勢が崩れる。そこを逃さず、晴行は木刀での力任せの一撃を妖刀に見舞った。

角度も良かったのか、ピキッと高い音が響いて、妖刀にひびが入る。その直後、刀身は真っ二つに折れた。

折れた刀身が道場の床に転がり、尊子もその場に膝をつく。やった、と思ったそのとき、彼女が折れた刀身を突き出してきた。晴行は急いで後ろに飛び退《の》き、尊子の手もとを打つ。晴行の一撃はわずかにずれ、妖刀の鍔にぶつかった。

ビィィインと予想外に大きな音をたて、妖刀が尊子の手から離れる。床に落ちた妖刀は、カタカタ、カタカタと激しく震え始めた。いや、正確には刀ではなく、鍔が振動していたのだ。

そのさまを見て、古物商の佐原を最初に誘ったのも鍔鳴りであったことを晴行は思い出した。

「そうか、鍔のほうが本体か！」

間のいいことに、晴行が言ったとほぼ同時に、静栄と虎之助が道場に駆けこんできた。

「ここか、ハルちゃん」

「みつけましたよ、ハルさん」

道場にいるのをみつけた、例の札をみつけた、との二重の意味がこめられていたのだろう。静栄の手には真っ赤な札が一枚、握られている。何か文字らしきものが墨で書かれているのも見て取れた。

「シズちゃん、それをこっちに！」

言われるまでもなく、静栄が晴行に札を渡す。すかさず、晴行はおどろおどろしい札を、震える鍔に叩きつけた。

その際、彼の指先がほんのわずかながら鍔に直接、触れた。

たちまち耳鳴りがして、晴行の視界は一変した。一面、桜吹雪《ふぶき》に埋め尽くされたのだ。何千、何万もの花びらが重なり合って、晴行をとりまく。ほの白き桜花の乱舞以外、何も見えない。否応《いやおう》もなく視覚を奪われた状態で、誰かの切迫した声が彼の耳に木霊《こだま》した。

『お待ちください、お待ちください』

もう若くはないだろう、男の声だ。それ以上のことはわからない。だが、必死さは十二分に伝わってくる。

『お約束が違います。どうか、拵えの、桜の鍔の代金を……』

懸命に重ねられる哀願に対し、

『うるさい』

問答無用とばかりに冷たく言い捨てる声が聞こえ、続けて、生身が斬られる音と絶命の悲鳴が晴行の鼓膜を打った。

視界を埋める白い花びらは、たちまち薄紅色に、赤に、どす黒い深紅へと変色する。ついには墨のごとき黒色《こくしょく》となって、怒りと絶望で世界をすべて塗り潰す。

それらは、ほんの数瞬の出来事だった。

闇も桜も消えた。通常の視覚を唐突に取り戻した晴行は、ぶるっと頭を振るい、自分の周囲を見廻した。夕刻の道場に、桜の花びらなど一枚も落ちていない。鍔の上に、金彩《きんだみ》を施された花びらの意匠があるだけだ。

尊子は床に両膝をついて息を荒げている。苦しそうだが、妖刀に操られていたときの異様さはもうない。

静栄と虎之助がそれぞれに問う。

「大丈夫か、ハルちゃん」

「大丈夫ですか、尊子さん」

尊子は顔を伏せたまま、小さくうなずいた。晴行はいちおう、彼らに訊いてみた。

「ふたりとも、桜吹雪は……」

「桜吹雪？」

静栄と虎之助が怪訝《けげん》な顔をする。やはり、あの光景は晴行にだけ見えたものだったらしい。それでも、ただの幻ではなかったと断言できた。幻覚だと切って捨てるには、どうにも生々しすぎて。

晴行は改めて鍔を見やった。桜の木と花びらの意匠には、妖刀に斬られた被害者の血が点々とこびりついている。

「妖刀の正体は、殺された鍔職人の怨念《おんねん》か……」

刀身を伝い落ちる被害者の鮮血をすすることで、鍔は恨みを晴らしていたのかもしれない。が、それも想像の域は出ない。問おうにも、札を貼られた妖刀はもはや微動だにしない。札の効力か、さんざん血を吸って落ち着いたのか、妖気もずいぶんと抑えこまれている。

静栄が問う。

「これで怪異は鎮まったんだよな？」

それには返事のしようもなかったのだが、

「うん、たぶんね」

場を収めるために晴行はそう応《こた》えた。少なくとも、誰彼かまわず殺傷するような鬼気はもう感じられない。

虎之助が拳《こぶし》を突きあげ、

「またもや事件解決、さすがは〈怪談だん……！」

と言いかけて、静栄に「こらこら、諏訪さん」と注意される。ほぼ同時に、尊子がうめいて顔を上げたものだから、虎之助はなおさらあわてて足をドタバタさせた。

尊子は虎之助には構わず、ふうっと大きく息をついて額の汗をぬぐった。

「大丈夫ですか、母上」

気遣う息子に、

「大丈夫ではありませんとも。悪《あ》しきモノに取りこまれるなど、なんたる不覚……」

尊子は床に転がる妖刀を忌々《いまいま》しげに睨んで、苦々しく言った。

「家をあなたに継がせたのは早くに過ぎたかと思っていましたが、こんな弱さをさらけ出すようでは、そうでもなかったようですね」

尊子にしては珍しい自虐《じぎやく》の言葉を、晴行はとんでもないと打ち消す。

「弱くなどありませんよ。母上がお強いことは、重々、骨身に染みましたから」

「世辞など……」

「世辞ではありません。本当のことですから」

晴行の言に続けて静栄がうなずき、虎之助も何度も首を縦に振る。

三人から賞賛のこもった視線を浴びせられ、尊子は居心地悪そうにしながらも、それ以上の自虐は押しとどめた。夕刻の光が当たった彼女の頬は、恥じらっているようにも見受けられた。

――後日、尊子は〈警察の厄介になるような不肖《ふしょう》の息子を諫《いさ》めるため、奮然と斬りかかっていった天晴《あっぱ》れな猛母〉と東上野署から高く評価され、

「ぜひとも、署の道場で若手を鍛えていただきたい！」

と、熱烈に依頼されることになるのであった。

第三話　黒いアトリエ

根津《ねづ》の店で筆と和紙を買ってきて欲しい。そう父に頼まれて、室静栄《むろしずえ》は大学の帰りに寄り道をしていった。

言いつけ通りの品を入手したあとはまっすぐ帰宅するつもりでいたのに、鯛《たい》焼き屋の店先を通った途端、看過できずに一匹、購入。その足で近くの神社へと向かった。

手水《ちょうず》で手を清め、お詣《まい》りをしたあと、あたりにひと気がないことを確認してから、境《けい》内《だい》の片隅《すみ》の葉桜の木の下で鯛焼きを食し始める。

少し前まで、帝都の各地で満開だった桜もいまはほとんどが散ってしまい、境内では名《な》残《ごり》の花びらが風に舞っていた。散った花の代わりに、梢《こずえ》の上では緑の若葉が陽光に透けて瑞々《みずみず》しく輝いている。早々と初夏のきざしを感じ、静栄は目で季節のうつろいを、舌でつぶ餡《あん》の甘さを堪能しつつ、至福のひとときを過ごしていた。そこに、

「もしかして、室くん？」

呼びかけられて振り向くと、同い年くらいで、出で立ちも同じく、シャツに和装を重ねた袴《はかま》姿の青年が立っている。その柔和な顔だちには、うっすらとだが見おぼえがあった。高等学校時代、同じ学年に在籍していた顔だ。ただし、相手の名前が出てこない。

相手も静栄の戸惑いを察したらしく、苦笑しつつ名乗りをあげた。

「ほら、高等学校でいっしょだった伊東順平《いとうじゅんぺい》だよ」

「ああ、確か芸術方面に進んだと……」

高校時代に伊東と親しく話した記憶はなく、彼の進路を知っていたのも、単にひとから聞いていたからだった。それでも、伊東は嬉《うれ》しそうにニコッと笑った。意外にひと好きのする表情を見せられ、自分も何か返さなくてはならない気がして、静栄は手にしている鯛焼きに眼鏡越しの視線を落とした。

しっぽから、ひと口だけ噛《か》んだところだった。これひとつしか買ってはいない。名残惜しさを少しばかり感じつつ、静栄は鯛焼きをふたつに割り、片方を伊東へと差し出した。

「よかったら」

伊東は意外そうな顔をしてから、「ありがとう」と鯛焼きの半身を受け取った。

並んで鯛焼きを食《は》みつつ、ふたりは風に舞う桜の花びらを眺めていた。共通の話題が思いつかない。まあ、いいか。食べ終えたら、ここから立ち去ろう。静栄がそう考えていると、

「意外に……」

「意外に？」

「いや、なんでもないよ」

伊東はそう言って、また微笑《ほほえ》んだ。その表情もだが、手足や首が長いせいか、なんでも

ない所作がどこか柔らかい。画家を志しているらしいと学内の噂で聞いたときも、いかにもだなと静栄も納得した記憶があった。あの頃と変わらない。いや、あの頃以上に芸術家らしい繊細さがにじみ出ている。

「このへんはよく来るのかい？」

伊東に訊《き》かれて、静栄は首を横に振った。

「いや。たまたま、父に買い物を頼まれて」

「そうか、たまたまか」

伊東は新緑の梢をまぶしそうに見上げて、「これも巡り合わせというやつかな……」とつぶやいた。

何かあるようだなと静栄も感じ取り、鯛焼きの半身を咀嚼《そしやく》しながら、むこうが言い出すのを待った。伊東はもらった半身を食べ終えてから、おもむろに話し始めた。

「――この近くに、お世話になっている先生の家があるんだよ。いや、お世話になっていたと言ったほうが正しいな。書生として、先生のお宅に住まわせてもらっていたんだけれど、いまはもう、そうじゃないから」

「そうなんだ。確か、画家を志していたんだよな」

「うん、最初はね。途中から彫刻家志望に変更した。先生の影響もあって。知っているかな。高見邦彦《たかみくにひこ》先生――政府の要人の銅像なんかも手がける偉いかたなんだけれど」

室家が由緒正しき貧乏公家である手前、静栄も古美術の知識はそれなりにあったが、現代の作家についてはさほど詳しくない。そのことを自覚し、

「悪い、浅学にして存じあげなくて」

正直に告げると、伊東は浅くうなずいただけで先を続けた。

「その先生が、最近、おかしくなってしまわれて……」

「えっ？」

驚く静栄に、伊東はまた軽くうなずき返し、淡々と話を進めた。

「先生は五十近いお歳《とし》で、奥さまとは二十歳以上離れていてね。もともと、絵画や彫像のモデルを務めていたひとだけに、おきれいで。先生と知り合ったのもモデルの仕事がらみで、前の奥さまと死別してから、ずっと独り身だった先生は、すっかり夢中になられて、周囲の反対を押し切って再婚されたんだ。そこまでは別にいいんだが、その奥さまが……突然、若い男と姿を消して」

「駆け落ちしたのか」

静栄がずばり言うと、伊東は決まり悪そうな表情を浮かべた。

「わからないけれど、先生はそう考えておられるらしい。住みこみの女中たちも、きっと

そうだわと口さがなく言っていたから、そうなのかもしれない。奥さまは消えた当日、『お芝居のチケットがあるのだけれど、わたしは気分が悪くて行けそうもないし、いっしょに行くはずだったお友達も、急に都合が悪くなって。だから、みんなで代わりに行ってきてちょうだいな』と、女中たちに出かけるよう勧めたそうなんだよ。先生やぼくら書生たちもたまたま、その日は所用で外に出ていて、家には奥さまただひとり。そして、そのまま忽然《こつぜん》と消えてしまわれたんだ。ほんの少しの着替えやらといっしょに」

「ああ、それは……」

確定だな、と静栄も納得した。

この頃——大正時代では、ひとびとの間で自由恋愛の気運が高まりつつあった。それまでの封建的な社会では、結婚は家同士の結びつき、親や周囲の者が決めるのが当たり前だった。恋など物語等の架空の世界にしか存在しない、と言っても過言ではなかったのだ。

とはいえ、世の中、容易に変われるものでもない。自由恋愛からの結婚を反対されたふたりが、やれ駆け落ちだ、心中だと、世間を騒がすことも珍しくなかった。高見の妻のように、夫のある身で別の男と駆け落ちしたケースも実際にあり、新聞紙上を大いに騒がせていた。

「先生が変わられたのは、それからだよ。ぼくら書生や女中たちを全員、家から追い出して、誰が行っても会ってくれず、ただひたすらアトリエに籠《こ》もって彫像制作に打ちこんでおられるんだ」

「まあ、無理もないというか、なんというか」

勉学ひと筋に励んできた静栄にも、若い妻に裏切られた男の悲哀を想像し、同情することはできた。

「奥方に裏切られた、その先生の心の痛手が大きいのも理解できなくはないし、時が癒《いや》してくれるのを待つしかないんじゃないかな」

「癒《い》えればいいけれど……」

伊東はため息をひとつついた。

「先生のお身体《からだ》の具合が心配で。根を詰めすぎなんだよ」

「つらい出来事があったとき、創作活動に打ちこむのは悪いことじゃない。むしろ、気がまぎれる分、有益かと」

「普通ならね。ただ、限度がね。あれはさすがに……」

伊東は少し間をおいてから、意を決したように切り出した。

「室くん、悪いけど、時間があるなら、ちょっと付き合ってくれないかな」

「付き合うって、どこへ」

「先生の家へ。ここから歩いて行ける距離だから。いまの先生の家を、ちょっと見てやって欲しいんだ」

「見るだけかい？　いまから？」

「ああ。外からちょっとだけ。そのほうが話が早い。もしも時間があるなら、だけれど」

ここで、「今日はこのあと用事が」と嘘《うそ》をついて断ることもできた。しかし、静栄は伊東の柔和な表情の下に、親とはぐれた童《わらべ》のような強い不安を嗅《か》ぎとってしまった。

静栄には困った友人がいる。彼、籠手川晴行《こてがわはるゆき》、こと幼馴染《おさなな じ》みのハルちゃんは、若くして男爵家を相続していながら、定職には就かず、気ままに日々を送っている。その一方で困っているひとを見ると捨て置けず、ぐいぐいと介入していく極度のおひと好《よ》しだ。友人のそんな気質を普段から腹立たしく感じていた静栄なのに、

（ハルちゃんなら、きっとふたつ返事で伊東くんについていくんだろうな）

そう思ったときにはもう、口が勝手に動いていた。

「いいよ。行こうか」

「よかった。ありがとう」

しんからホッとしたように言って、伊東が歩き出す。静栄も彼のあとをついていく。

神社の境内を離れ、ふたりは小さな家が連なる細道へと入っていった。途中、古い寺院の築地塀《ついじべい》沿いを歩き、広い墓地を横切った。虎縞《とらじま》の野良猫が、黙って尾を振りながら、墓石の後ろからふたりを見送っていた。絣《かすり》の着物を着た子供たちが、わーわーと大声をあげながら走っていくのとすれ違ったとき以外は、いたって静かな道のりだった。

二十分ほど歩いただろうか。伊東がふいに「あそこだよ」と指差す。

昔ながらの日本家屋が建ち並ぶ中、いきなり塀のむこうに二階建ての洋館が現れた。天然スレート葺《ぶ》きの屋根に、外壁は下見板張り。とんがり屋根を戴《いただ》いた八角形の塔屋《とうや》が手前に配されたその木造建築は、アメリカで流行したヴィクトリアン様式の流れを汲《く》むものだった。

が、これと似た屋敷は日本はもちろん、アメリカにもそうそうあるまい。屋根から外壁から、すべてが黒一色に塗り潰されていたからだ。

初夏の陽光の中で、そこだけが不気味に暗い。木造建築だと頭ではわかっていながら、まるで凶々《まがまが》しい真っ黒な怪物が、不穏な気を放ちつつ、そこにたたずんでいるような、そんなふうに静栄の目には映った。

「あれが……？」

驚きを隠せずにいる静栄に、伊東は哀しげな顔を向けてうなずいた。

「もとは白い壁に緑色の屋根のお屋敷だったんだよ。木造だからか、煉瓦《れんが》造りの豪華な洋館とはまた違った、親しみのある感じでね。中は広いアトリエと応接間が主で、ここからは見えないけれど、先生とぼくら書生の住まいである数寄屋《すきや》造りの日本家屋が裏手にあって、洋館と繋《つな》がっていて」

接待等の公的な空間を洋館に、私的な居住空間を和館にしつらえて並べる和洋折衷《せっちゅう》スタイルは、明治期に興《おこ》った新しい住まい形式だった。

「裏手の日本家屋のほうは、外から見た分には特に変わった様子もないんだが、洋館はご覧の通り、あの有様で。全部、ひとりでやられたようなんだ。御自分の失意のさまを表現せずにはいられなかったのかもしれないけれど」

「芸術家らしいな」

「でも、さすがにこれは常軌を逸しているよ。ぼくはもう心配で……」

高見邦彦なる彫刻家とは縁もゆかりもない静栄も、黒く染められた屋敷に独り籠もる芸術家のやつれた姿を思い描き、伊東に共感してうなずいた。

「確かに心配だな」

事情を知れば、高見の苦悩が、悲哀が、恨みつらみが黒い屋敷という形をとって目の前に顕現《けんげん》したように思えてくる。ひとの情念の怖さを感じつつも、黒い屋敷から目をそらすことができない。介入したくない一方で、どうにかできるのなら、という気持ちも湧いてくる。

屋敷のほうも、静栄と伊東のふたりをあるはずのない目でじっとみつめ返し、『さて、どうする？』と問いかけているかのようだった。

馴染みの甘味処《かんみどころ》〈鈴《すず》の屋《や》〉で、静栄が伊東順平と思いがけず再会してからの出来事を語り終えると、

「黒一色に染められた洋館に、ひとり籠もる芸術家の悲哀、か……」

静栄の幼馴染み、籠手川晴行は茶をすすりながら感慨深げにつぶやいた。

二十歳《はたち》の籠手川男爵は、白い肌に長いまつげ、形よく通った鼻梁《びりょう》を有した、文句なしの美男子であった。早くに父親を亡くし、貧乏公家の室家と大差ないほど籠手川家が困窮していたのは昔のこと。晴行の歳の離れた姉が資産家と結婚してくれたおかげで、いまや悠々自適の生活を送っている。

「面白そうな話ですよね。いや、他人の不幸を面白がっちゃいけないんでしょうけれど」

静栄の横の席に着いている、ハンチング帽をかぶった青年がそう言った。

諏訪虎之助、二十二歳。三流新聞社、日ノ本新聞の記者で、怪談がらみの記事をよく書いている。だからといって当人の趣味はそちら方面にはなく、怪談好きの編集長に命じられて動いていているに過ぎない。

　長い付き合いの晴行と静栄に、あるとき、この虎之助が加わるようになって、いつの間にやら〈鈴の屋〉で甘味を（甘味が苦手な虎之助は磯辺餅《もち》を）食べながら三人で話しこむ機会が増えた。静栄としてはこの記者の介入を微妙に感じていたが、今日は違う。晴行にも虎之助にも、例の黒い屋敷の件を聞いてもらいたかった。

「同じ学年にひょろっとした生徒がいたのは、うっすら記憶にあるけれど、顔も名前も思い出せないなぁ。そうか、芸術家志望だったのか」

　そう言う晴行に静栄が「ハルちゃんは高見邦彦って彫刻家、知ってたかい？」と訊くと、

「いいや、全然」

　だろうな、と思うような返事が戻ってきた。ところが、虎之助のほうが意外なことを言い出す。

「その名前、聞きおぼえがあるなと思ったんですが、そういえば、去年だか、おととしだかに、うちの文化部の記者が取材していましたよ。偉いお役人の銅像を創《つく》ったとか、そっちがらみで」

「そうなんだ」

これは話が早い、と静栄は内心、喜びつつ、その気持ちが表に出ないように眉間《みけん》に皺《しわ》を寄せた。

普段から、静栄は虎之助に対して、あまりいい感情を持っていなかった。天真爛漫《らんまん》でまるで無防備な晴行を〈怪談男爵〉などとおだて、彼をネタに安っぽい記事を書いている低俗紙の記者、という認識をいだいていたからだ。だが、今回はそうも言ってはいられない。

「高見先生、ずっとアトリエに籠もりきりで外にも出ないし、かつての書生や女中たち、親しい友人なんかが訪ねても、誰も家に入れようとしないそうなんだ。だものだから、伊東くんは先生の体調をひどく心配して、屋敷の中の様子をどうにかして探れないものかと洩《も》らしていてね。それで諏訪さん、ものは相談なんだが――」

「取材にかこつけて、その黒いお屋敷に突撃してきてくれ、ってことですか？」

「うん。どうかな」

静栄が渋々ながら打診すると、晴行がニヤニヤしながら、

「ずいぶんと積極的だな。いつもはシズちゃんが『おひと好しも大概にしろ』って、ぼくを止める側なのに」

静栄の眉間の皺が深くなった。声も意図せず低くなる。

「あの洋館の不気味さをまのあたりにすれば、どうにかしないとマズいだろうって誰だって思うさ」

「そうなんだ。まあ、見てはいないけれど、マズいのは想像がつくよ」

温かい汁粉《しるこ》を品よくすすって、晴行はおもむろに虎之助に言った。

「ぼくとシズちゃんは、助手っていう体《てい》でトラさんの取材に同行できるかな?」

「おいおい、ぼくはともかく、ハルちゃんがなぜくっついてくるんだよ」

「だって、こんな話を聞いたら行かずにはおれないじゃないか」

幼馴染みの性格上、だろうなとは思ったものの、静栄も抵抗せずにはいられず、

「諏訪さん、なんとか言ってやってくれよ。助手はひとりで充分だとかなんとか」

援軍を求めたのに、

「いいんじゃないですか? ふたりいても」

虎之助はあっさりと晴行の側についた。静栄が「えぇぇ」と不満たっぷりの声をあげても無視されてしまう。

「ちょっと編集長に話してみますよ。ここで確約はできませんけれど、若い妻が家を捨てて駆け落ちしたってだけでも読者の興味は充分ひけますし、ましてや夫は名のある彫刻家、失意のあまり、自宅を黒く塗り潰してアトリエに籠もり、創作に没頭——って、非日常の

極みじゃないですか。怪談じゃなくても、いけるんじゃないかなぁ。当人には、最近の創作活動を取材させてくださいっていう感じで言って。断られるかもしれませんけど、駄目モトで。それでいいんですよね？　要は、屋敷の中でのいまの高見先生の状況を把握《はあく》するのが第一の目的なんでしょうから」

　期待していた方向に話がトントンと進んでいく。これなら、晴行が興味本位でついてきたところで、なんの問題もないように思えてきた。

「……うん。ありがたい」

　まさか、自分が虎之助に感謝するようになるとは、と軽い脱力感をおぼえつつ、静栄は彼に礼を言った。晴行はまたニヤニヤして、

「いつもぼくのことを、おひと好しすぎるって批判するくせに、シズちゃんだって充分おひと好しじゃないか」

「そんなんじゃない」

「いいよ、恥ずかしがらなくても」

「そんなんじゃないったら」

　苛《いら》だちを抑えがたくなってきたところに、子供っぽい顔立ちをした着物姿の女給が、茶をつぎ足しにやってきた。虎之助が目に見えて緊張する。

彼女は手早く茶をつぎ足すと、ささっと奥へと引っこんでいった。虎之助が彼女に何か言いかけようとしたのだが、その隙《すき》も与えずに。甘味が苦手な虎之助がせっせと〈鈴の屋〉に通い出したのは、彼女がお目当てだからだったのだが、前途多難と言わざるを得ない。

意気消沈してうなだれる虎之助に、晴行が一点の曇《くも》りもない笑顔で告げる。

「気にしない気にしない。きっと、むこうも恥ずかしがっているだけだから」

「そうなんですかねえ……」

「そうとも。ここは普通に、何もなかったみたいなふうに、いつも通りの磯辺餅を注文していればいいんだよ。潮目はそのうち変わるって。あせりは禁物だよ、トラさん」

「そうなんですか?」

虎之助が意見を求めるように静栄のほうを向いた。訊かれたところで堅物の静栄にも答えようはなく、「たぶん」と無難に言うにとどめておいた。

数日後、予想以上に早く、高見邦彦氏への取材が整い、静栄と晴行、虎之助の三人はさっそく高見邸へと向かった。

あの日と同じく、よく晴れた空を背景に、真っ黒に塗り潰されたアメリカン・ヴィクトリアン様式の洋館が、黙って建っている。屋根も外壁も、閉ざされた窓の鎧戸《よろいど》もすべて黒一色。初夏の陽射《ひざ》しの中、その陽光を吸い取って夜より暗い洋館を前に、虎之助はもちろん、いつもひたすら明るい晴行でさえもが絶句し、目を丸くした。

「これは……想像以上に真っ黒だね」

晴行が感心したようにつぶやけば、

「これだけで立派に怪談ですよ！」

虎之助は怖い半分、職業意識を刺激された高揚半分の複雑な声を放つ。静栄も、彼らを連れてきて本当によかったのかなと、別の意味で複雑な気分になった。が、ここまで来ておいて、いまさらやめようとは言えない。

伊東には取材の件はまだ告げていない。「先生の家を追い出されてから、住まいがまだ決まらずに、知り合いの家を渡り歩いている」と言っていたために連絡が取れなかったのだ。その代わり、学校で彼が必ず受ける講義の曜日と時間を教えてもらった。それが明日だ。順序が逆になるが、屋敷の中はこうだったよと明日、学校に行って伊東に報告すればいいと静栄は考えていた。

虎之助が代表して屋敷の呼び鈴を鳴らした。だいぶ待たされて、再び呼び鈴を鳴らそうとしたところで、家の中から物音が聞こえ、扉がゆっくりと開いた。――真っ黒な扉が。

扉をあけたのは、五十歳ほどで鼈甲《べっこう》縁の丸眼鏡をかけた、着流し姿の男だった。薄めの頭髪と口まわりの髭《ひげ》は、ともに白髪多めの胡麻《ごま》塩。丸い鼻が特徴的で、芸術家というよりも教育者にいそうな風貌《ふうぼう》だった。

「失礼いたします。日ノ本新聞の諏訪虎之助と申しますが、高見邦彦先生でいらっしゃいますか?」

書生も女中も追い出され、いま、この屋敷には高見ひとりのはず。そうと知っていながら、虎之助が声を張りあげて問う。丸眼鏡の男は表情ひとつ変えずに、

「いかにも。わたしが高見邦彦だ」

そう名乗りをあげた声はひび割れ、寝起きのところを邪魔されたかのような不機嫌さをまとっていた。きちんと約束をとりつけた上での来訪であったのに、追い返されるかもしれないなと静栄は危惧《きぐ》した。が、そうはならず、高見は彼ら三人を屋敷に招き入れた。

玄関に入った途端、静栄たちはそろって、うっと息を呑《の》んだ。内壁も天井も、二階に通じる階段とその手すりも、外観と同様、黒一色に染めあげられていたからだ。窓をふさいだクリーム色のカーテンだけが、黒ではない色彩として、ぽっかり浮かんでいるような有様だった。

高見のほうは三人の動揺など歯牙《しが》にもかけず、静栄と晴行を見やって「こちらは？」と問うた。

「あ、ああ、お気になさらず。ただの助手ですから」

虎之助が答え、新聞社から借りたドイツ製のカメラを首からぶらさげた晴行が、

「撮影担当の助手です」

と、しれっと言い張る。仕立てのいいスーツを身に着け、記者の虎之助よりも存在感を放っているのに、そのあたりの不自然さは頭から無視だ。

大胆な友人をいまだけ見倣《みなら》い、袴姿の静栄もとってつけたように言う。

「ぼくも助手です。ただの」

特に不審には感じなかったのか、そもそも外界への関心自体が薄くなっていたのか、高見はうなずいただけで三人の先を歩き始めた。

ゆるくカーブした短い通路の先、黒い扉をあけると、その先にも真っ黒な部屋が広がっていた。とんがり屋根の塔の内部に当たるのだろう。天井まで七、八メートルはありそうな、吹き抜けの広い空間——アトリエだ。

大きな天窓から外光がふんだんに取り入れられているにもかかわらず、黒い壁が威圧感を放つ。妙にひんやりとした空気の中、黒いブロンズ像が何体も立ち並んでいた。主に人

物像だ。

社会的な成功者とおぼしき、初老の男性が椅子《いす》に深々とすわっている像がいちばん巨大で、どうしても目を引く。その向かいに置かれた、等身大の男性像は学者然として、どこかの大学の創設者を思わせた。が、男の像よりも裸婦像のほうが圧倒的に数が多く、本来、こちらのほうが得意なのだろうなとうかがえた。

裸婦像はどれも等身大、伏し目がちで長い髪をきちんとまとめ、腕を後ろに組んだり、膝《ひざ》を軽く曲げていたりと、恥じらいを感じさせる控えめなポーズをとっていた。まるで妖精——外国の神話に登場するニンフのようで、いやらしさは微塵《みじん》もない。

それでも、あまりまじまじとみつめてはいけない気がして、静栄は裸婦像から目をそらした。虎之助も少々、居心地悪そうにしている。晴行だけは何度もうなずきつつ、裸婦像を余裕で眺めていた。

「素晴らしい作品ですね。完全なる美の具現とは、このようなものをこそ指すのだと感服しましたよ。本当に美しい……。どの像も、同じかたがモデルですよね?」

ただの助手らしからぬ晴行の発言に、「ほう」と高見が小さくつぶやく。

「そうか、わかるか。顔はあえて、それぞれ少しずつ変えておいたんだが」

言われるまで、いや、言われても、静栄にはそこまでわからなかった。虎之助も同様らしく、きょとんとしている。

「これらは全部、京子《きようこ》――わたしの妻をモデルにしている」

さっそく出てきた妻の名に、静栄と虎之助は身を硬くした。晴行は態度を変えず、

「そうでしたか。大変お美しいかたなのですね。一見、穏やかな表情の中にも、秘めた激しい情熱を感じられて、不思議と目が離せなくなります。かような御婦人を妻に迎えるのは、男として誇らしいと同時に、不安で不安で仕方なくなるような気もしますね」

彼のきわどい発言に、静栄は内心、あわてた。虎之助も顔をひきつらせている。晴行だけが飄々《ひょうひょう》として、少年のように無邪気に提案する。

「美しい奥さまの写真も、ぜひとも撮らせていただきたいものです」

これには虎之助も、

「そ、そうですね。紙面もいっそう華やぎますし、ぜひ奥さまも」

と、遅ればせながら果敢に攻めていく。これぐらいの積極性をもって〈鈴の屋〉の可憐《かれん》な女給に働きかければ、彼の片恋も進展するだろうにと、静栄は生ぬるい心地になった。

しかし、高見は仏頂面《ぶっちょうづら》で、

「妻は今日、いない。わたしひとりだ。書生も女中たちも出払っている。茶も出せずに申し訳ないが、そういうことだ、理解してくれ」

丸眼鏡からはみ出した高見の眉が、不機嫌そうに寄せられている。取材は終わりだと言い出しかねない、ひりついたものを感じたのだろう、虎之助はすぐに引きさがった。

「そうでしたか。いえ、お茶は結構です。どうぞ、お構いなく。ちなみに、今日、たまま皆さん、お留守なので？」

「ああ」

ぶっきらぼうな返事は、高見がこの話題を厭《いや》がっていることを如実《にょじつ》に表していた。

身のまわりの世話をする者がいなくなったというのに、特にやつれているふうには見えない。食事はちゃんと摂《と》っているのだろう。身に着けている着物も、こざっぱりとしている。顔色は悪く、目の下に濃いクマができていたが、創作活動に集中しているがゆえの寝不足とも見受けられた。

(伊東くんには『先生、健康上の問題は特になさそうに見えたよ』と伝えてもいいかな)

静栄はいったんそう考えたが、いや、と思い直した。

壁のみならず、吹き抜けの高い天井まで真っ黒に塗られたアトリエ。伊東はこのアトリエに関して何も言っていなかった。おそらく、外観同様、妻の失踪《しっそう》以降に、高見が塗り替えてしまったのだろう。

ここまでやってしまう行動力には、ただならぬものを感じざるを得ない。高見の精神がよからぬ方向に蝕《むしば》まれていることは、素人目《しろうとめ》にも予想がついた。可能ならば、この黒い屋敷から彼を連れ出し、専門家の手にゆだねたほうがいいに決まっている。

「ぼくからも質問、よろしいですか？」

静栄が遠慮がちに訊く。高見は「どうぞ」と促《うなが》した。

「現在、制作中の作品はどこにあります？　よろしければ、そちらの写真も撮らせていただきたく……」

高見の精神状態を探るには、制作中の作品を見るのが手っ取り早い気がしたのだ。

「地下に置いてある。だが、まだ見せられるような段階ではないよ。鋳物《いもの》ができたばかりで、研磨も済んでいないし」

「鋳物？」

「ブロンズ像の制作は、とにかく手間がかかるんだ。まず心棒を作り、そこに粘土をつけて形を整えていく。それが粘土原型。できた原型に石膏《せっこう》をかけて、固まったところで中の粘土を掻《か》き出し、内側にできた空間に石膏液を流しこむ。中の石膏液が固まると、今度は外側の石膏を削り、内側の石膏像を取り出す。これが石膏原型となる。その石膏原型から鋳型を作製し、高温でどろどろに溶けた合金を鋳型に流しこんで、冷え固まったあとに型をばらして中の鋳物を取り出す。さらに表面を磨き、着色してようやく完成となる」

説明しただけでも疲れてきたのか、高見は重いため息をひとつついた。

「とにかく手間も時間もずいぶんとかかる。気に入らなくて途中でやめた試作品でよかったら、そこに置いてあるが」

　高見が指差した先は、別棟と接して天井が低くなった一角だった。確かに、そこにも等身大の裸婦像が一体、置かれている。東の窓からの光が逆光となって細かなところが見えず、制作途中のものだとは気づかなかったのだ。

　さっそく、静栄たち三人は試作品に近づいていった。

　モデルはやはり高見の妻・京子なのだろう。その像の顔立ちは他の裸婦像と似通って、髪を後ろできっちりとまとめている点も同じだった。

　視線は斜め下に、両手を胸の前で軽く交差させ、腰高の台座にもたれかかっている。だが、よく見れば異様な点があった。顔から肩にかけて、研磨されたブロンズの肌が艶《つや》やかな光沢を放っているものの、鎖骨《さこつ》から下はバリもとれておらず、ごつごつとしており、交差させた腕から覗《のぞ》く胸の膨らみは、ふたつにとどまらない。特に腰から下は台座と完全に融合して、まるで三本の足が未分化のまま一本に繋がっているかのようだった。

　黒い岩から裸婦が生まれ出でようとしている瞬間を切り取った――との解釈も可能かもしれない。が、静栄はなぜか、ぞっと総毛立った。ただの彫像だと頭ではわかっているのに、もう直視できない。

静栄は本能的に口を手で覆《おお》い、顔をそむけた。それでも、ぞわぞわが止まらない。止められない。

「どうかしたかね？」

探るように高見が尋《たず》ねる。晴行と虎之助は裸婦像にそこまでの嫌悪感はなかったのか、怪訝《けげん》そうに静栄を見ている。

自分が繊細すぎるのか。彼らが鈍いのか。そのあたりは静栄も判断がつかない。

「すみません。ちょっと気分が……。申し訳ありませんが、お部屋の窓をあけてもよろしいですか？」

と静栄が訊くと、高見は首を横に振った。

「それは遠慮して欲しい。気分が悪いのなら、隣に応接間があるから、そこのソファで休むといい」

「すみません……」

高見が指し示したほうへ、静栄はのろのろと移動していった。

仕切りの扉をあけると、その先はいきなり純和風の数寄屋造りに変わった。ありがたいことに、ここは黒く塗られていなかった。

木目の浮き出た廊下に隣接した応接間には落ち着いた色調の絨毯《じゅうたん》が敷かれ、外国製のソファとテエブルとが置かれている。天井は白、作り付けの書架には古い本の背表紙がぎっしりと並ぶ。他人の家ながら、非日常から普通の日常に戻ってこれた気がして、静栄はソファにすわるや、大きく息をついた。

「助かった……」

外の空気を欲して窓をあけると、四方を建物に囲まれた中庭が広がっていた。それほど広くはない中庭のほぼ全域が池で、中央はさまざまな木が茂る島が占め、要所要所に飛び石が配置されている。水面《みなも》を渡る風は涼しく、水の流れる音も耳に心地よい。

趣味のいい庭だ、と静栄は思った。ざわついていた心が、嘘のように鎮まっていく。

立派な体格の黒い鯉《こい》が数匹、悠々と泳いでいて、静栄が身を乗り出しても逃げもしないし、寄ってこようともしない。餌《えさ》は充分、足りているようだ。

「鯉の世話さえできているのなら大丈夫。ひとりきりでも、高見先生は充分、やっていけているよ」

池の鯉を眺めつつ、静栄は伊東に報告する予定の文言をなかば無意識につぶやいた。

「あの黒いアトリエには驚くだろうけれど、いまの高見先生の写真を見せてやれば、きっと伊東くんも安心するとも。大丈夫、大丈夫」

試作品の裸婦像の映像が頭をかすめ、あのとき感じた怖気《おぞけ》が戻ってきそうになったが、静栄はその感情に無理やり蓋《ふた》をする。

「だい……」

しつこくつぶやいていたそのとき、ふと何者かの視線を感じた。

静栄が視線が来るほうへ反射的に目を向けると、池の中から何かが顔半分だけ出して、こちらを見ていた。影になってよくわからなかったが、鯉にしては大きい。ひとの頭くらいはある。

静栄がぎょっとしてソファから立ちあがったと同時に、パシャンと音をたてて、視線の主が水に潜る。水面に波紋が広がりこそすれ、それも消えて、あとには何も残らない。

「鯉？」

そうであったと思いたくて、静栄はわざわざ口にした。が、誰も否定も肯定もしてくれない。

庭木の葉がさわさわと揺れている。池の水面は初夏の陽射しを照り返して、きらきらと輝いている。黒いアトリエとは違って、そこには明るい光が満ちている。

それでも、静栄は急に怖くなって応接間を飛び出し、アトリエへと向かった。正直、アトリエも厭だったが、ひとりきりでいることのほうがもっと耐えがたかったのだ。

——落ち着け。あれはただの鯉だ。神経質になりすぎだ。アトリエにしたって、単に壁が黒いだけじゃないか。気にするな。

そう心の中で自分に言い聞かせながらアトリエに戻ると、晴行が高見を相手に話しこみながら大きくうなずいていた。

「わかります、わかります。あちらの旧作も、もちろん素晴らしい作品です。政府の要人から先生に銅像の注文が殺到するのも当然ですとも。ですが、こちらの試作品には、いままでとはまた完全に異なる新たな境地、別の次元へと飛翔《ひしょう》しようとしているのが感じられるのです」

「そうか、わかってくれるか」

「ええ。黒より黒き、真なる闇《やみ》。ぼくはブロンズのこの無の色彩にこそ、無限の神秘が息づいている気がしますね。まったき暗闇、すべてのものが闇より出でて闇にぞ還《かえ》る。そんな、太古の深淵《しんえん》のさらなる奥にひそむ、名状しがたい生き物の胎動《たいどう》が、この彫像からは伝わってきますよ」

傍《かたわ》らでは虎之助が、何を語っているのか、まったく理解不能だと言わんばかりの珍妙な表情をして立っている。一方で、晴行は憎たらしいほど魅力的で自信たっぷりな笑みを浮かべている。どちらが記者でどちらが助手やら。この黒いアトリエにあって、晴行だけが闇に敢然と立ち向かい、負けじと生命の光を放っているかのようだった。

……ハルちゃんのすごいところは、どこまで本気なのか、さっぱり見分けがつかない点だな、と静栄は改めて認識した。

彼の底ぬけに明るい活力の源《みなもと》はなんなのか。長い付き合いの静栄でさえ、よくわからない。とにかく昔から、ハルちゃんはこうだったとしか言いようがない。腹立たしくなることも少なくないが、いまはぶれない友人の存在がありがたかった。

高見はおのれの芸術の理解者を得られた喜びを隠さず、

「きみは本物の審美眼を備えているようだな。若いのに、感心なことだ」

そう言って、満足げに何度もうなずいた。

「実は、地下にもうひとつ、アトリエがある。もとは物置に過ぎなかったんだが、昼間はそこで作業したほうがはかどるんだ。ここはまぶしすぎるからね」

高見は目を細めて天窓を振り仰いだ。そこまで言うほどまぶしすぎもしないのだが、屋敷のみならず心まで黒く染めてしまった彼には、そう感じられて仕方ないのだろう。

「新作はそこに置いてある。見せようか」

ぜひ、と晴行が即答した。虎之助も大きく首を縦に振る。静栄は厭な予感をおぼえたものの、反対もできずに口をつぐんだ。

そんな静栄に晴行が、「シズちゃんはもう少し応接間で休んでいたら?」と勧める。彼なりに気遣ってはくれているのだろう。甘えたかったが甘えられずに、「大丈夫だよ」と静栄は返した。

こっちだ、と高見が促し、吹き抜け天井のアトリエから、洋館と日本家屋とを繋げる廊下に向かう。応接間に面していた廊下とは、中庭を挟んで反対側の通路だ。廊下自体は普通だったが、地下に下りる階段は一段目から真っ黒に塗られていた。

階段を下りていく高見のあとを、晴行、虎之助、静栄の順でついていく。

一段下りるごとに、冷たい闇の中に身体がずんずんと沈んでいくようで、静栄はどうにも落ち着かなかった。高見が案内する先に、何か得体の知れないモノ——池の中からこちらをみつめていた何かか、あるいは別種の怪物か——が待ち構えているような気がしてならない。

(変な想像をして自分をいたずらに追いこむんじゃない、静栄)

と自分を戒《いまし》めても、想像は止まらない。いざとなったら一目散に逃げようと、なかば本気で静栄は考えていた。

「ここだ。重たい彫像を一階に吊りあげるためのリフトがあるせいで、少し狭いが」

階段を下りきった高見が突き当たりのドアをあける。その先もすべて、壁から床、天井まで真っ黒に塗られていた。

照明がついたにもかかわらず、黒一色の壁や天井が光を吸収して、中は暗い。ところどころに置かれた棚だけは木目そのままでホッとさせられる。

一階のアトリエに比べれば規模は小さく、天井も低いけれども、地下室としてはかなり広い空間だった。湿気とほこり、黴《かび》とリフトに挿《さ》す機械油のにおいがたちこめている。

そして、何体ものブロンズ像。すべて裸婦像だった。どれも研磨まではされずに放置された未完成品だ。

粘土で形取り、そこから石膏で型をとり、合金を流して固めるといった手間をさんざんかけて、どうして、ここでやめるのだろう、もったいないと思いつつ、静栄は間近にあった像のひとつを見やり――気づいた。

裸婦像の右肘《ひじ》から先が、あり得ない方向にねじ曲がっていることに。

ぎょっとして、他の裸婦像を確かめてみる。やや前屈みになった裸婦像は、足の甲が左右とも広すぎて、数えると右の足の指が六本、左の足の指は七本あった。削り落とされていないバリまで指として数えてしまったかと、静栄はまず自分を疑ったが、計十三本の指にはどれも小さな爪が彫られており、意図して創られたものであることは間違いなかった。

他の裸婦像もそうだ。肩の位置が前後に大きくずれている像、天井に向けてのばしている両腕があきらかに長すぎる像など、どれもこれも、どこかがおかしい。一階に置かれていた旧作が、均整のとれた完璧な人体を形作っていたのとは、まるで違う。

書生たち、つまり手伝う弟子がいなくなったから、こんなことになったのだろうかと、静栄は勘ぐった。が、単なるミスならば、粘土や石膏での段階で修正できたはずだ。わかっていて、あえて作風を変えてきたとしか思えない。

虎之助も地下の裸婦像の異様さに気づき、戸惑っていた。

「げ、芸術ですね」

そう言ったきり、先が続けられなくなって押し黙っている。ハンチング帽をかぶった彼の頭の中は、おそらく疑問符でいっぱいなのだろう。しかし、晴行は、

「どれも斬新な作品ですね」

屈託なく言い放ち、欧米人のように両手を大きく広げた。

「素人の勝手な想像ですので、間違えていたのなら申し訳ないのですが、先生は新たな境地を模索しておられるのでは？」

「ほう、わかるかね」

自尊心をくすぐられ嬉しそうな高見に、晴行はうやうやしく頭を下げた。

「金属の塊の中に封印された魂《たましい》の波動のようなものを感じるのです。創作と無縁の身が、

こう述べるのもおこがましいのですが——」

「そんなことはない。写真を撮っているじゃないか。それも立派な創作活動だよ」

「わたしの写真は食べるための手段ですから。芸術とはまるで無縁なものです」

首から提《さ》げたカメラをいじりながら、本当は無職の晴行は、さらりと嘘をついた。

「そもそもが、ここにあるブロンズ像たちはこれまでの芸術とは次元が違います。旧来の伝統的な形から離れようと努めているだけではなく、美や生命に対する既存の概念に対して、果敢に挑んでいるように思えてならないのです。それは非常に革新的で、勇気ある行動であり、相当なお覚悟があったに違いないと」

「そうだな。そうだとも。余人には理解されない、孤独との闘いでもある。あたかも五体が引き裂かれるようだよ」

ですよね、ですよねと、晴行は幾度もうなずいている。虎之助は彼らについていけずに、ぽかんと口をあけている。静栄は、

（どうかな。ハルちゃんの場合、たぶん全部、勢いなんだよな……）

と、なかばあきらめの心境になっていた。

それでも、晴行を連れてきてよかったとは思った。自分ではこんなふうにうまく高見の相手はできなかっただろうから。そんなゆとりは、とてもなかった。

芸術に関心がないわけではない。抽象的な表現も嫌いではない。高見の旧作に関して言えば文句などつけようもなく、有力者の彫像依頼が彼に殺到するのも納得できる。

とはいえ、地下室にまで付き合うべきではなかったと、静栄はいまさらながら後悔していた。一階のアトリエよりも圧が強かったせいだった。地下室だから、天井が低いから仕方ないのかもしれない。が、どうにも落ち着かない。しまいには、誰かにじっと見られているような気がしてくる。

中庭の池から感じた視線と同じかどうかまではわからない。なんにしろ、こんな異様な彫像に囲まれた不吉な場所にこれ以上、長居はしたくなかった。

しかし、静栄が音をあげるより先に、高見は上機嫌で、

「きみたちをここに招いて正解だったよ。この奥に、唯一の完成品が置いてある。一階のアトリエに上げるつもりでリフトに乗せてあるが、どうか見てやってくれないか」

返事を待たずに、すたすたと地下室の奥へと向かう。リフトの上には、高見が言った通り、黒い布をかぶせた作品が置かれていた。

静栄は出入り口のほうをちらりと振り返った。ぼくだけ一階に戻りますとは言い出せず、ぐずぐずしているうちに、高見がとっておきの宝物を披露する子供のように黒い布を一気に引き落とした。

腰高の台座によりかかったその裸婦像は、両腕を脇に下ろし、ほのかな笑みをたたえていた。一階に並べてあった裸婦像と似た顔だが、目の前の像は長い髪をおろして肩に垂らしている点が違う。きれいに研磨されたブロンズの肌は、濡れたような輝きを放っている。美しい、と静栄も心から思った。像がたたえる、妖精のような透明感、聖女のごとき清らかさからは、モデルに対する芸術家の深い愛情が感じられ、地下室の不気味さをかき消す効果さえあった。

（やはり、高見先生は本物の芸術家なのだな……）

そう思ったのもつかの間、静栄は裸婦像の身体のほうに目を向けるや、うっと息を呑んだ。

ブロンズの薄い胸には、控えめな乳房が六つ備わっていた。

一階のアトリエにも、乳房が多いように見えた裸婦像はあったものの、あれは腕を前に交差させていたせいでわかりにくかったし、小さくて、削り落とされる前のバリに見えなくもなかった。目の前の裸婦像は研磨済みで、バリうんぬんの言い訳が通用しない。それに、六つとも同じ大きさの乳房だ。

さらに異質だったのは、腰より下だった。台座にもたれかかっているのではなく、裸婦像は自分の足で立っていた。その足は二本ではなく、巨木の幹のように太い一本で構成され、先端は七、八本に枝分かれしている。

好意的に解釈すれば、ダフネ――月桂樹に変身してしまったギリシャ神話のニンフの像と考えられなくもない。六つの乳房にさえ目をつぶれば。

晴行と虎之助も、言葉を失って裸婦像をみつめていた。静栄と同じく、最初は裸婦の美しさに魅了され、遅れて異様さに気づき、混乱しているようだ。

高見は興奮気味に言う。

「どうかね。これがわたしのみつけた〈美〉だ。〈愛〉だ。〈永遠〉だ。彼女は永久に変わらない。ブロンズに封印されて、もうどこにも行かない。消えない。わたしのもとで、この姿のまま、あり続ける。まさしく運命。前世より決められた、誰にも変えられないさだめだったのだよ。それが理解できない愚《おろ》か者は、すべからく天の制裁を受けるべきなのだ。わたしはそれほどのものを、やっと創りあげることができたのだから」

反論は許さないと、芸術家は言葉のみならず、全身で訴えていた。

さんざん褒め倒していた晴行も、これには同意しかねるらしく、口もとに指を添えて沈黙している。虎之助は固まったままだ。ここは自分がなんとかしなくてはと、静栄は裸婦像の顔に注目し、まずは無難にそこだけを褒めようと口を開いた。

が、静栄が言葉を紡《つむ》ぐより先に、裸婦像の背後から、白い顔がひょいっと覗いた。

ブロンズ製の漆黒《しっこく》の顔と、完全な対比を描く雪白の顔。裸婦像があるかないかの微笑しか浮かべていないのとは対照的に、白い顔は目を細め、口角を両方ともニイッと吊りあげている。

色彩と表情に違いはあれど、新たに現れた顔は裸婦像のそれとそっくりだった。像の後ろに隠れていたモデルの女が、こちらを驚かそうとして顔を出した――と、静栄は理性的に判断しようとしたのに。

ずるりっ、と粘着質な音をさせて、白い顔の女が像の後ろから身を乗り出してきた。

像と同じく、長い髪が肩より先にうねうねと流れている。一糸まとわぬ裸身に、小ぶりな乳房は六つ。腰から下の肌は紫がかった暗色で、先が七、八本に分かれ、ぐねぐねと収縮をくり返している。

ダフネではない。同じギリシャ神話でも、腰から下が大蛇であったラミアのほうがイメージとしては近い。いいや、乳房と足の数で、ラミアよりも怪物度が増している。

これは幻覚か、と静栄はわが目を疑った。けれども、彼だけでなく、晴行も虎之助も高見までもが、突如、出現した女怪を前に、驚愕《きょうがく》を露《あら》わにしている。

女怪は邪悪な笑みを青白い唇に刻んだまま、高見に飛びかかった。高見は地下室の黒い床にあえなく押し倒される。

女怪の両手が高見の首にかかった。そのまま、くびり殺そうというのだろう。彼女が放つ強烈な殺意に、高見は抵抗らしい抵抗もできない。静栄と虎之助も恐怖で完全に膠着《こうちやく》している。

ただひとり、晴行だけが動いた。

軽やかに一歩、踏み出して距離を詰め、大きく右足を振る。晴行の右足は女怪の脇腹にめりこみ、女怪は勢いよく吹っ飛んで棚にぶち当たった。

棚に置かれた小物がばらばらと落ちて、派手にほこりが立つ。解放された高見は、這《は》いつくばってゲホゲホと咳《せき》をしていた。その隙に女怪は晴行に向き直り、怒りの表情で彼を威嚇《いかく》しつつ接近してきた。

腰から下の多肢《たし》がどれも太く長いため、身を起こすと長身の晴行より上背が高くなる。そんな自分より大きな怪物に睨《にら》まれても、晴行は引かない。再び軽くステップを踏んで、二撃目の廻《まわ》し蹴《げ》りをくり出す。

今度の蹴りは女怪の腹に命中した。女怪はのけぞり、真後ろにあった裸婦像ごと後ろに倒れこんだ。女怪そっくりの裸婦像はそのままリフトから転げ落ち、派手な音を響かせて床に激突する。

打ちどころが悪かったのか、裸婦像の肩の接合部分がはずれ、右腕が転がっていった。

粘土や石膏で型をとるブロンズ像は、中が空洞だ。裸婦像も肩のところにぽっかりと穴が空いてしまう。

その穴から、むわっと、重たいにおいが立ちのぼった。

鼻をつく異臭に、静栄はうっとうめいた。虎之助も、自分の鼻と口を覆っている。晴行は冷静に、「腐臭だ」と指摘した。

ブロンズ像の中に何か——腐臭を放つようなものが封じこめられている。

高見が急に甲高い悲鳴をあげ、地下室の出入り口に突進していく。女怪は素早く起きあがり、逃げる高見の背中に飛びかかった。

あっけなく捕まった高見が、絶望の叫びを放つ。女怪は彼の悲嘆を楽しむように笑いながら、高見を押さえこむ。上半身は華奢《きやしや》な女体でも、下半身は巨大な軟体動物だ。のしかかられては抵抗もできない。

そのとき、地下室の黒い扉が開き、外光を背景にした人影が現れた。霞《かすみ》がかっているかのように妙にほの白いその人影は、伊東順平だった。

「い、伊東くん？」

取材の件はまだ教えていなかっただけに、彼の突然の登場に静栄は驚きを隠せない。

伊東は地獄《じごく》さながらの光景をまのあたりしてもひるむことなく、

『やめてください』

と女怪に呼びかけた。池の波紋のごとく静かで、耳ではなく肌で感じとれるような不思議な声だった。

女怪の目がハッと驚きに見開かれ、凶悪な笑みが氷解していく。代わって、その目に浮かびあがってきたのは涙だった。

順平さん、と女怪の震える唇が動く。伊東はうなずき、再びあの不思議な声で言った。

『やっとみつけた。あなたはそこにいたのですね』

伊東の手がさしのべられる。女怪はもはや彼しか目に入っていないかのように、高見を解放し、地下室の出入り口に向かって走り出した。

一歩進むごとに、多すぎた分の乳房が消えていく。軟体動物のごとき下半身が、ほっそりとした二本の足に変わっていく。伊東が腕に抱き止めた彼女はもはや怪物ではなく、愛情に満ちた、ひとりの美しい女性だった。彼らはもう離れないと誓うかのように、しっかりと抱き合った。

床に這いつくばった高見が、ふたりに向かって叫んだ。

「駄目だ、駄目だ。触るんじゃない、京子はわたしの妻だぞ!」

伊東も怪物だったはずの女も、高見には見向きもしない。ひとつに溶け合うかのようにかたく抱擁《ほうよう》し合って、次第次第に白く霞んでいく。高見は泣きながら、なおも血を吐くような叫びをあげた。

「連れて行くな。妻を置いていけ。書生風情が。おまえは、おまえこそ、もう死んでいるくせに！」

どんな罵声《ばせい》も恋人たちにはもう届かない。彼らは完全に消えてゆき、独り遺された高見は床にうつぶして号泣し始めた。

晴行は疲れたようにため息をついてから、虎之助を振り返った。

「トラさん、警察呼んで」

はいと短く応《こた》えるや、虎之助が駆け出していく。静栄も彼のあとを追って地下室を出た。一階にも伊東たちの姿はない。中庭に面した窓から射しこむ初夏の光は、涙が出そうになるほど目にまぶしかった。

駆けつけた警官に捕らえられた高見は、自分がしたことすべてを素直に話したという。
それによると――あの日、高見の妻の京子は住みこみの女中や書生など全員をどうにか外出させ、自分ひとりで駆け落ちの準備を調《ととの》えていた。

高見も知人との約束と偽って外出していたが、こっそりと自宅に戻り、妻の様子を秘《ひそ》かにうかがっていた。彼は前々から、書生の伊東順平と妻の不貞を疑っていたのである。疑惑が揺るがぬ事実であったと確信した高見は、家を出ようとしていた妻を引き止め、厳しく問い詰めた。挙げ句、言い争いとなって、彼女を殺害してしまった。

京子の遺体は地下室に隠した。地下にはすでに、伊東の遺体が隠されていた。高見は先に書生の伊東のほうを殺していたのだ。凶器はともに、彫刻で使用する鑿《のみ》であった。

高見は同じ場所にふたりの遺体を置くことを嫌い、伊東のほうは細切れにして池の鯉の餌とした。京子のほうはブロンズ像に永遠に封印しようと思い立ち、実行した。

証言通りに、地下のブロンズ像の中から腐敗した京子の遺体が発見された。伊東の遺体は、骨や肉の一部が中庭の池の底や台所から発見されるにとどまった。

嫉妬《しっと》にかられた芸術家が若い妻と書生を殺害。この前代未聞の猟奇《りょうき》事件は、当然ながら各社の新聞を大いに騒がせた。中でも、逮捕直前の高見の写真を掲載した日ノ本新聞は、かなりの部数を売りあげた。

「あの節はどうもありがとうございました。今日はどうか、ぼくの奢《おご》りにさせてください」

いつもの甘味処〈鈴の屋〉で、虎之助は上機嫌でそう宣言した。

「じゃあ、遠慮なく」

晴行はニコニコ顔で、汁粉の他にいなり寿司を注文する。

静栄はいつもの汁粉だけにしておいた。そもそもが大食いなほうではないし、知人が殺されたと知って以来、あまり食欲がない。

――が、卓上に好物の汁粉が並ぶと、口中に自然と唾《つば》が湧いてきた。あずきの香りにはとても抗《あらが》えず、椀《わん》をかかえて、ひと口いただく。ほうっと満足の吐息をつくとともに、

「高見くんはぼくと神社で会ったあのとき、すでに殺されていたんだな……」

そんな言葉がいっしょにまろび出てきた。池の中から静栄を見ていた黒いモノの正体も、鯉でも京子でもなく伊東のほうだったのだと、いまならわかる。

汁粉より先にいなり寿司を頬《ほお》ばりながら、晴行が言う。

「奥さんのほうは、伊東くんが自分より先に殺されていたと知らなかったんだろうね」

うんうんと虎之助が首を縦に振る。

「でしょうね。高見先生、『あの男は来ないぞと教えてやったら、妻は激しくとり乱した』って証言してますから」

「そんなことまで言われたら、そりゃあ、奥さんの恨みも深くなるよ。伊東くんはきっと、怒れる彼女を止めて欲しくてシズちゃんに声をかけたんだよ。よかったよ、彼の願いを叶えられて」

ひょっとして慰められているのかな、と静栄は思った。ありがたい反面、そうとは認めたくなくて、

「でも、高見先生、この分だと罪に問われる以前に、脳病院送りになりそうなんだろ？ふたりも殺しているのに」

「うん……。まあ、シズちゃんの気持ちもわかるけれど、そのあたり、外野のぼくらが口を挟みようもないしね。実際、惜しい才能ではあるし。病院でなら治療の一環として創作活動が続けられそうだし」

静栄はぞっとしてつぶやいた。

「あれを……まだ創るのか？」

虎之助も困惑気味に瞬《まばた》きをくり返している。晴行は淡々と、

「一般的な美意識ではないのはわかるよ。でも、あれを前衛的だと評価する層は、一定数いる気がするな」

「ハルちゃんはあれを芸術と認める派か？」

「さあ、どうだろうねえ。悪くはないけど、好きでもないかも」

「さんざん褒めてたじゃないか」

「ああ、あれはなんていうか、その場の勢い？」

「やっぱり」

「適当ですねえ」と虎之助が言えば、

「うん、適当だった」晴行はあっさりと認めた。

「けれども、嘘ではなかったよ。感じたままを即興で言語に変換してみた結果だったんだから。実際、あの作品群は、不気味であると同時に、非常に蠱惑《こわく》的だった」

「蠱惑的……」

それは否定できないかも、と思ったと同時に、静栄の背中にぞくりと怖気が走った。あちら側には踏みこんでいけないと、本能が警告を発したようだ。

静栄は考え、考え、用心深く言った。

「いまは外国からの影響もあって、さまざまな新しい芸術が生まれている。自分が理解できないからといって、無闇に否定するものではないと、頭ではわかっているつもりだ。だが、さすがにあれは――あれはさすがに、踏みこんではいけない領域のような気がする」

「うん、踏みこむつもりはないよ？　全然」

晴行は無邪気に否定した。それでも、静栄は「どうだか」とつぶやいて眉根を寄せる。何も考えずに好奇心だけで、あるいは義侠《ぎきょう》心だけで、ハルちゃんは荒れる海にも飛びこみかねないと案じられて仕方がなかった。ましてや、〈怪談男爵〉などと呼ばれるようになって、その傾向にますます拍車がかかっている。

もう少し厳しく言ってやろうとしたところへ、虎之助が「まあまあ」と両手を振った。

「そう言わずに、どんどん踏みこんでいってくださいよ。大丈夫ですよ、ハルさんならどれほど凶悪な魑魅魍魎《ちみもうりょう》が現れようと、『必殺、男爵キーック！』で事件解決ですってば」

「おいこら、諏訪さん」と静栄が鋭く睨み、晴行は苦笑して、

「なんだよ、男爵キックって」

「お気に召しませんか？　じゃあ、『男爵パーンチッ！』」

「それも却下だよ、トラさん」

晴行から明るく駄目出しをされ、虎之助は「駄目ですかぁ」と情けない声をあげた。

「むしろ、今回、ぼくは何もしていないよ。最大の功労者はシズちゃんだろ。伊東くんの霊との接触を果たし、闇に葬《ほうむ》られかねなかった殺人事件を真実の光のもとに暴き出すきっかけを作ったんだから」

「そんな大層なことじゃない。全部、ただの巡り合わせだ」

自分のその発言に、静栄は神社の境内で新緑の梢をまぶしそうに見上げ、「これも巡り合わせというやつかな……」とつぶやいていた伊東を、彼がまとっていたはかなげな風情を思い出した。あの時点で、彼を救うことはすでに不可能だったのだ。

再びしんみりとなりかけていたところに、

「じゃあ、シズさんも〈怪談子爵〉として紙上デビュウしてみます？」

虎之助からなかば本気の打診をされて、静栄は眉を吊りあげ、反射的に声を張りあげた。

「絶対に却下だ！」

虎之助はしゅんとうなだれ、晴行は椅子の背もたれに身を預けて快活な笑い声を放った。呼ばれたのかと勘違いして、店の奥から童顔の女給が駆け出してくる。

「ど、どうかされました？」

静栄はむくれて横を向いている。虎之助は意中の彼女に急に問われて、しどろもどろになっている。彼らに代わって、晴行が言った。

「うん。汁粉のおかわりふたつ、ひとつは白玉多めで。磯辺餅も追加ね。今日はトラさんの奢りなんだ。知ってる？　彼、なかなか有能な新聞記者さんなんだよ」

女給は恥ずかしそうに「はい、知っています」と小さな声で返し、パタパタと小走りで店の奥に戻っていく。この反応に、晴行は唇を尖らせて口笛を吹く真似をした。

「聞いたか、トラさん。これはやっぱり脈ありだぞ」

「いや、まさか、そんな、はずが、でも、あら」

赤面してごちゃごちゃと言いつつも、虎之助は純粋に嬉しそうだ。

静栄はますます不貞腐《ふてくさ》れて、汁粉を一気にかきこんだ。あずきの豊かな味わいは、彼をけして裏切らなかった。

第四話　帝都の殺人鬼

硝子《ガラス》の洋燈《ランプ》から暖色系の明かりが降り注がれる中、そろいの太縞柄《ふとじまがら》の着物に白いエプロンをつけたカフェーの女給たちが、瓶《びん》ビールを盆に載せ、テエブルの間をいそがしく立ち廻《まわ》っていた。

大正期のカフェーは従来の喫茶店とは異なり、アルコールを提供し、女給たちが客の隣にはべることも珍しくなかった。だからこそ、コーヒーと軽食のみを出す店は、純喫茶と銘《めい》打って区別するようになったのだ。

酔客のチップを狙って、白粉《おしろい》で厚く化粧をした女給たちの中には、田舎《いなか》から出てきたばかりの十五、六くらいにしか見えない少女も交じっている。一方で、彼女——お糸《いと》はもうすぐ二十三歳になろうとしていた。

けれども、顔立ちはいまだに幼く、十七歳で通せなくもない。当人もその童顔を武器とし、このカフェーで人気の女給として働いていた。おかげで、夜の世界からなかなか抜け出せなくなっていたとも言える。

できれば、早くいいひとをみつけて結婚し、普通の家庭を築きたかった。贅沢《ぜいたく》な暮らしに憧《あこが》れていた時期はもう過ぎたのだ。極端に貧乏でなければ、誠実さこそがいちばんだと思うようにもなった。けれども、この店を訪れる男たちに誠実さを求めるのは結構、難しい……。

いった。

（駄目、駄目。暗いことを考えちゃ。明日はお給料日でしょ。あと二日の辛抱よ）

憂《うれ》いと疲れを営業用の笑顔で覆《おお》い隠して、お糸は瓶ビールを二階のテエブル席に運んで

いった。

二階は羽振りのいい客が通されることが多く、いまから向かう席には作家先生と出版関係者が陣取っているのだとか。気難しいインテリ層なんて御免だわとお糸は辟易《へきえき》しつつも、もしかしたら素敵な出逢《であ》いがあるかもといった淡い期待を抑えることができなかった。

「お待たせしました」

ソファ席に深々と腰かけた作家先生は、突き出た腹を和装で覆った、いかにも助平《すけべえ》そうな中年だった。出版関係者とおぼしきふたりは、スーツ姿で眼鏡をかけた無精髭《ひげ》の中年と、ハンチング帽をかぶった垢抜《あか》けない若手。これじゃ何も期待できないわねと、お糸は苦笑を圧《お》し殺して瓶ビールとグラスを置いた。

「ごゆっくりどうぞ」

そう言い置いて立ち去ろうとしたところに、ハンチング帽の若手が小さくつぶやく。

「あれ、もしかして……」

よくある誘いの手口だ。無視しようとしたのに、

「お糸ちゃん？」

まだ名乗っていない、名札の類《たぐ》いも身に付けてはいない。なのに名前を呼ばれ、お糸は驚いて振り返った。目を丸くして、こちらをみつめている若手の顔に、知った面影を見出して二度驚く。

田舎道の湿った土のにおい、藪《やぶ》から立ちのぼる草いきれが、幼い日の郷愁《きょうしゅう》とともに甦《よみがえ》ってきた。雨の日にはアマガエルが、晴れの日には小さなショウリョウバッタが跳んでいた田舎道。ほぼ毎日、いっしょにその道を歩いて尋常《じんじょう》小学校に通っていたのはいがぐり頭の少年で、名前は……。

「虎《とら》ちゃん？」

お糸がもう何年も会っていない幼馴染《おさななじ》みの呼び名を口にすると、ハンチング帽の若手は嬉《うれ》しそうににっこりと笑った。その笑みは記憶にある無垢《むく》な少年の笑顔とほとんど変わらず、同級生の諏訪虎之助《すわとらのすけ》に間違いないとお糸に確信させた。と同時に、自分のほうはどう見えているかが心配になる。厚く化粧をして夜のカフェーで働いていること自体、急に気後《きおく》れがしてくる。

作家先生はふたりの顔を交互に見やり、笑いながら言った。

「おやおや。こんなところで昔の恋人と再会かい？」

「ち、違いますよ、先生。彼女とは昔、尋常小学校でいっしょだっただけで――」

耳まで真っ赤に染めて、虎之助が恋人説を否定する。お糸は居たたまれずに足早にその場から離れた。

店の狭い階段を駆け降り、一階の厨房《ちゆうぼう》に逃げこんでからも、白いエプロンの下で彼女の心臓はまだ騒いでいた。

お糸が生まれ育った田舎からは、都会に働きに出る者も少なくなかった。いつかこんなふうに、かつての自分を知る者と街中で出逢うかもしれないと思わないでもなかったが、まさかそれが虎之助とは。

特別、親しかったかというと、そうでもない。ただ、虎之助が自分に気があることは、当時からお糸もなんとなく察していた。とはいえ、幼いがゆえにお互い何も言えず、何も起こらぬまま、自然と距離が生じていった。

もしも、自分があの田舎に残っていたら、虎ちゃんといつしか心が通じ合っていたかも——と想像すると、余計に落ち着かなくなる。

(これはひょっとして、人生をやり直せる好機って?)

そんなふうに夢を膨らませかけたのもつかの間、

(馬鹿《ばか》ね。何を言っているのよ、お糸。初心《うぶ》な小娘でもあるまいし)

妙に達観した考えが、どこからか自然と湧いてきた。

現にいま、お糸にはいっしょに暮らしている男がいた。男には浪費癖からの借金があり、お糸はその肩代わりまでさせられている。カフェーで働くのも、借金返済のためだ。いっそもう別れてしまおうかと何度も思い、思うだけで実行に移せずにいる。

これが初めてでもなかった。いままで、お糸は何度も男で失敗してきた。嘘《うそ》をついて浮気を重ねたり、こちらの稼ぎを黙って持ち出したりするような悪い男にばかり引っかかってきたのだ。

そういう駄目な男に惹《ひ》かれる性分なのだと、なかばあきらめてもいた。虎之助のような優しいばかりの善人とは、きっと長く続かないだろう自覚もあった。むしろ、虎之助の記憶にある子供時代の無垢な思い出を、くたびれた現実で壊してはいけないとさえ思った。

(そうよ。だから、あのテエブル席に近寄っちゃ駄目)

お糸はそう自分に言い聞かせながら、エプロンを脱いできれいに畳んだ。

「ごめんなさい。ちょっと頭が痛いんで、今日は早上がりさせてもらいますね」

カフェーのオーナーが不機嫌な顔をしても、彼女は一切、構わなかった。

店の裏口から外に出た途端、ひんやりした夜気がうなじにまとわりついてきた。すでにあたりは暗く、空には星がまばらに瞬《またた》いている。ぶるっと反射的に身体《からだ》を震わせはしたが、店内の煙草《たばこ》臭さから解放されて、お糸はむしろ心地よく感じていた。

今日はいつもと違う道を通って、お酒をちょっとだけ飲んでいこうか。昔のことを思い出して、感傷的になってしまった自分を慰めるために。明日からまた、雑草のように力強く生きていくために。

そんなことを思いつつ、細い路地へと入っていく。まださほど遅い時刻でもないからと、特に警戒もせずに。

——お糸は知らなかったのだ。

宵闇《よいやみ》の中、信じがたいほど邪悪なものが息をひそめ、彼女が近づくのをじっと待ち受けていたことに。

午後の明るい陽射《ひざ》しが射しこむ甘味処《かんみどころ》〈鈴の屋《すずのや》〉で、籠手川晴行《こてがわはるゆき》と室静栄《むろしずえ》はいつものように汁粉《しるこ》を食べながら、他愛もない話をしていた。

甘味好きの静栄が店の近くの大学に通うようになってからというもの、ここで世間話に興じるのが彼らの習慣となっていたのだ。最近では、そこに日ノ本《ひのもと》新聞社の記者、諏訪虎之助が加わるようになった。が、虎之助はここしばらく顔を出していない。

「今日も来ないのかな、トラさん」

晴行が言うと、静栄はぶっきらぼうに、

「いそがしいんだろ」

虎之助が〈怪談男爵〉と銘打って、晴行の活躍を怪談風の記事に仕立て日ノ本新聞に掲載していることを、静栄はよく思っていない。その気持ちを隠そうともしない。

やれやれ、シズちゃんはお堅いなぁと晴行が苦笑していたところに、いつものジャケット、いつものハンチング帽で、虎之助がひょっこりと〈鈴の屋〉に現れた。

「こんにちは。ハルさん、シズさん」

少し照れくさそうに挨拶《あいさつ》する虎之助に、

「やあ、トラさん、久しぶり。ここのところ来てなかったから、どうしたのかと思っていたよ」

晴行がにこやかに応じたのに対し、静栄はあるかないかの軽い会釈程度と、素っ気ない。それでも虎之助はてへへと笑って晴行の斜め向かい、静栄の隣の席にすわった。

「すみませんね、急に仕事がいそがしくなったもので」

「それは大変だったね」

「いいんですよ。それくらいのほうが余計なことを考えずに済みますし」

「余計なことって？　何か厭《いや》なことでもあったの？」

「いえ、厭なことじゃないんですよ。ちょっと昔のことを思い出すようなきっかけが。でも、まあ、なんていうか」

虎之助が言いよどんでいると、店の奥から和装にエプロン姿のいつもの女給が出てきた。童顔の彼女は、少しおずおずとした感じで、虎之助の注文をとるや、恥ずかしそうにぴゅっと奥に引っこんでしまう。

女給の後ろ姿を目で追いながら、虎之助がどこかホッとしたように独り言《ご》ちた。

「うん……。やっぱり、思い過ごしでした」

「なになに。何が思い過ごしなのかな？」

ニヤニヤ顔の晴行に問われ、「いや、その」とためらったものの、本当は虎之助も誰かに言いたかったのだろう、意外に早く口を割った。

「お鈴《すず》ちゃんが昔、知っていた女の子に似てるかもって、ずっと思っていたんですけれど、実際はそうでもなかったって、いま確信しましたよ」

すかさず、静栄が反応する。

「お鈴ちゃん？　あの子、お鈴っていうのか？」

静栄の吊り目が、眼鏡のレンズ越しに鋭さを増す。口調にも剣呑《けんのん》さがにじみ出ている。年下の学生から放たれる迫力に、二つ年長の虎之助がじりじりと圧されていた。

「は、はい。〈鈴の屋〉のお鈴ちゃん。でも、店の名は、お祖母《ばあ》さんが『鈴の子』と書いて『りんご』さんなんで、そっちからとったんだって聞きましたけど」

「いつの間に、そんな親しく……。映画に誘ったのに断られたと聞いていたから、大して進展してないと思っていたのに！」

なぜか怒気を露《あら》わにする静栄に戦《おのの》きながら、虎之助も負けじと弁明した。

「だからッ、断られましたけど、誘った時点で少し話せたんで、名前もそのときに教えてもらったんですってばッ」

「シズちゃんが妬《や》いてるぅ」

晴行はケタケタと笑うばかりで、助け船は出さない。

お鈴が磯辺餅《もち》を運んできたので、静栄と虎之助の舌戦《ぜっせん》はそこで中断となった。静栄はむっつりとした顔で茶をすすり、虎之助も磯辺餅にぱくりと噛《か》みつく。

晴行はそんなふたりを交互に見やってから、虎之助に訊《き》いた。

「お鈴ちゃんが昔の知り合いにそれほど似ていないことに気づいたって言ってたけど、それがわかるようなきっかけでもあったの？」

途端に、虎之助は磯辺餅にむせ、げほげほと咳《せ》きこみ始めた。

「あったんだ」

「いや、きっかけって、その」

　虎之助はなんとか自力で餅を呑《の》み下してから、

「きっかけってほどでもないんですが、実はこの間……」と言いにくそうに打ち明ける。

「某《ぼう》作家先生と打ち合わせを兼ねて、カフェーに行ったんですわ。編集長もいっしょに。そこで、昔、田舎でいっしょに遊んでいた子とばったり出くわしたんですよね。彼女、その店で女給さんとして働いていて」

「それがお鈴ちゃんに似ているかもって思っていた子だったんだね」

　虎之助はうなずき、「くり返しになりますけど、思っていたほど似てませんでしたよ」

　静栄が「そりゃあ、大人になれば顔も変わるだろうさ」と冷たく指摘する。

「まあ、似てる似てないは単なるきっかけに過ぎないんだし、そこはさほど重要じゃないよ。そもそも、トラさん、その子と付き合っていたの？」

　晴行の直球の問いに、虎之助は耳まで赤くして、

「そんなそんなそんな。子供ですよ子供なんですよ」

と否定する。晴行は柔らかな口調のまま追い打ちをかけた。

「初恋？」

「勘弁してくださいよぉ」

照れて頭を掻《か》く虎之助に、静栄が言った。

「どうせ、勝手に熱を上げて、何も言えずにうだうだしているうちに進展もなく終わったクチだろ」

「勘弁してくださいよぉぉ」

虎之助は切なげにため息をついてから、降参だと表明するように両手を上げた。

「はいはい。いまも昔も進展なんてありませんよ。むこうも、昔の知り合いに職場で鉢合わせして気まずかったみたいです。気になってあとで、『さっき、ビールを運んできた女給さんは?』って店の者に訊いたら、『早退しましたよ』って言われちゃいましたからね」

「そうか、フラれたわけだな」

晴行が無邪気に言うと、

「フラれるも何も、ないですから。顔を見合わせて、お互い『あれ? もしや』ってなっただけですから」

ムキになる虎之助に、静栄が断言した。

「フラれている」

晴行もうんうんとうなずき、同意を示した。

「それで傷心のあまり、ここに来る足も遠のいていたってわけか」

「違います、違います。本当にいそがしかったんですってば」

虎之助は頭を振り、大きく息をついてから強引に話題を変えてきた。

「実は、うちの新聞社主催で今度、降霊会をやろうって話になりましてね」

晴行は興味深そうに目を輝かせた。

「降霊会」

「はい。本場仕込みの英国人霊媒師《れいばいし》を招いて、本格的な降霊会を催すんですよ」

いわゆる霊媒者が中心となり、死者を呼び出してコミュニケーションを図ろうとする降霊会は、１８４０年代にアメリカで起こり、その後、欧米の上流階級サロンで盛んとなった。

へーえと晴行が感心したような声をあげたのに対し、静栄は露骨に眉をひそめる。

「降霊会？　そんなけったいなものに本格も何もないだろう。どうせ、ただの手品さ」

静栄の常識的な意見を封じこめるように、虎之助は声を大にして言い放った。

「その名も〈英国人霊媒師マダム・ステラによる驚異の降霊会〉！」

日ノ本新聞主催とあって、社員の虎之助としては本物の降霊会だと強調せざるを得ないのだろう。静栄はふうんとつぶやき、

「ステラ——スターのラテン語読みだな。星って意味で、むこうじゃ女性の名前によく使

われるんだとか」

と、学のあるところを披露する。虎之助はすかさず、

「シズさん、英語がわかるんですか？」

「少しなら」

「だったら、だったらマダム・ステラの通訳やってみません？」

「はぁっ？」

唐突な提案に虚を衝《つ》かれ、静栄の声が裏返った。虎之助は畳みかけるように説明する。

「実は、予定していた通訳が急に病で倒れて。っていうか、たぶん仕事の詳しい内容を知って怖《お》じ気《け》づいたんでしょうね。それで急遽《きゅうきょ》、代わりが必要になったんですけど、これがなかなかみつからなくて困っていたんですよ。というわけで通訳探しに奔走《ほんそう》していて、ここに来れずにいたんですが、そうか、シズさんがいましたよね。頭がよくて英語が話せる上に、幽霊関係には何度も遭遇していて、すっかり慣れっこになっているんだから、こんな心強いことはありませんよ」

「誰が慣れっこだ。勝手に話を進めないでくれ」

静栄は目を三角にして抗議したが、

「もちろん、報酬《ほうしゅう》は出ますよ、弊社から」

虎之助のその言葉で表情が変わった。

「報酬……」

静栄の生家、室家は明治の時代に爵位を賜《たまわ》った由緒正しき家柄であった。ただし、公家華族にありがちながら、大正期ともなると経済的に困窮する家も少なくなく、室家はまさにその典型と言って差し支えなかった。

体面を保つための出費も苦しく、彼の親は「いっそ爵位を返上すべきか」とまで考えている。が、長男の静栄を筆頭に、さらに弟妹《ていまい》が三人いて、せめて彼らが結婚ないし成人するまではと、日々、節約に勤しんでいるのだった。

静栄も家の内情はよく理解していた。そこに降って湧いた通訳の仕事に、彼はまんざらでもなさそうな顔をする。晴行もそれを察し、

「シズちゃんが参加するなら、ぼくも行こうかな、降霊会」

「こらこら、ハルちゃんがなんで――」

「〈怪談男爵〉が来てくれるなら、降霊会はきっと盛りあがりますよ！」

「だからどうして、そんな流れになるんだ！」

静栄が声を荒げたのが聞こえたのだろうか、外の通りを歩いていた振袖《ふりそで》姿の若い娘が足を止め、硝子窓越しに店の中を覗《のぞ》きこんだ。

外からの視線を感じて虎之助は決まり悪げにすわり直したが、静栄はハッとした顔をする。振袖の彼女に見おぼえがあったのだ。

後ろで三つ編みにしてまとめ、大きなリボンを付けた髪型は、この時代の女学生によくあるスタイル。振袖の柄はチューリップに似た洋花で、娘の華やかな顔立ちによく似合っている。

彼女はパタパタと小走りに店の前へと廻り、店内に入ってきた。そのまま、一直線に晴行たちのもとへ駆け寄る。

「ここでしたのね、ハル兄さま」

振り返った晴行は小首を傾《かし》げ、

「あれ、チカちゃん。どうして、ここに?」

「たまたま、たまたまですわ。たまたま通りかかったんです。ハル兄さまがお友達と大学近くの甘味処でお汁粉をよく食べていると、以前に聞いたことがあったので、もしやと思って覗いていただけなんです」

周子は拳《こぶし》を握り、偶然であることを強調した。やればやるほど、事実はそうでなく、晴行を捜していたのだなと察せられたのだが。

海藤周子《かいどうちかこ》、十六歳。晴行の姉、節子《せつこ》の義理の娘だ。

五年前、当時二十五歳であった節子は、十八歳年上の貿易商、海藤玄治《げんじ》と結婚した。周子は玄治の連れ子だった。

どうなることかと危ぶまれた結婚だったが、蓋《ふた》をあけてみれば夫婦仲は良好。連れ子の周子との間も特に問題はなし。何より、斜陽だった籠手川家は玄治からの金銭的援助で持ち直すことができたし、士官学校を退校して以来、無職の晴行が悠々自適に暮らしているのも、義兄のおかげと言って過言ではなかった。

「せっかくだからチカちゃんも食べていく？　おいしいよ、ここの汁粉」

「では遠慮なく」

晴行の誘いに乗って、周子はいそいそと彼の隣の席に着いた。これが初対面となり、事態を把握《はあく》できていない虎之助が、おそるおそる尋《たず》ねる。

「あの、ハルさん、このかたは……」

晴行が応《こた》える前に、すでに周子と顔見知りである静栄がざっと説明する。

「ハルちゃんのお姉さんの結婚相手の娘さん。要するにハルちゃんの姪《めい》っ子だよ」

「姪っ子さんでしたか。はじめまして。諏訪虎之助と申します」

虎之助が丁寧に名刺を差し出していると、童顔の女給――お鈴が、周子の分のお茶を運んできた。白いエプロンの下に麻の葉模様の地味な着物を身に着けたお鈴は、周子の振袖と色白の横顔に羨望のまなざしをちらちらと向けている。

「汁粉ひとつ追加ね、お鈴ちゃん」

晴行から周子の分の注文をとりつけるや、お鈴は「はい」と蚊《か》の鳴くような小さな声で応えて、店の奥に戻っていった。

晴行がお鈴を名前呼びしたのが気になったのだろう、彼女なりに精いっぱいさりげない体《てい》で周子が言った。

「お店のかたと親しいんですのね」

「うん？　特別、親しいわけでもないよ。第一、お鈴ちゃんはトラさんの想いびとだから」

「ちょっ、ハルさん！」

たちまち顔を真っ赤に染めた虎之助に、周子がずばり問う。

「違うのですか？」

「ち、違いますとも」

「つまり、恋愛関係ではまだないということなのですね？」

「れ、恋愛関係……！」

耳まで赤くして虎之助が震える。二十二歳の純情に、晴行はもちろん、静栄までもが苦笑する。

「こらこら、そんなあからさまに訊いたら失礼だろう？」

　叔父に注意され、周子はちょっぴり唇を尖らせた。

「だって、気になるのですもの。わたしの身近で、どなたかとお付き合いしているかたは、まだいなくて」

「女学校なんだし、そんなものだろう」と、したり顔で静栄が言う。

　そこへ、周子の分の汁粉が運ばれてきた。白玉がふたつ浮いた汁粉をいただくや、周子はぱあっと表情を明るくした。

「あら、ほんと、おいしい」

　店の味を褒められ、女給のお鈴は嬉しそうに微笑《ほほえ》み、店の奥へと戻っていく。作っているのは、姿を見せない祖母の鈴子なのだろう。孫が嬉々《きき》として「お客さん、お汁粉おいしいって」と報告する場面が目に浮かぶようだった。

　味は申し分なく、もっと繁盛していてもよさそうなのに、客の入りは少ない。学生街の店にしては少々値段設定が高めなのが原因かと思われた。いささか心配ではあるが、晴行たちにとっては店が空いているほうが話もしやすく、このまま変わらずにいて欲しいと願うところだった。

　おいしい、おいしいと汁粉を一気に平らげたところで、周子は茶を飲み、ほうっと息をついた。

「こんなお店を隠していたなんて、ハル兄さまはずるいですわ」

「隠してなんかいないよ。シズちゃんとよく行く店だって話したじゃないか。それで、チカちゃん、何か言いたいことがあって、ぼくを捜していたんじゃないのかい?」

水を向けられ、周子は困ったように視線をさまよわせた。

「シズちゃんやトラさんの前では言いにくいのなら……」

「いえ、そんなわけじゃありません」

周子は意を決したように背すじをのばした。それでも、まだ少々ためらっていたのだが、晴行たち三人の注視の中、ようやく口を開く。

「実はわたし、いま、とある殿方から結婚を前提としたお付き合いをと言われていて……」

「結婚?」

声を裏返らせたのは虎之助だった。静栄も驚き、

「でも、まだチカちゃんは十六歳だろうに」

「まあまあ、まあまあ、トラさんもシズちゃんも落ち着いて聞こうよ」

と、晴行がなだめ役になる。

周子は恥ずかしがりながら、事の次第を明かしてくれた。

それは先月のこと。周子の父親の玄治は仕事関係の客を招き、花咲く自宅の庭で洋風の茶会を催した。手広い商いで海藤商会を立ちあげ、一代で財を成した彼は海外の実業家とも付き合いがあり、茶会には欧米人の客も少なくなかった。妻の節子と娘の周子も和装で客たちをもてなし、場は大いに盛りあがったという。

そんな客たちのひとり、英国人の青年実業家が、後日、玄治を通して周子に交際を申しこんできたのだ。

「お名前はセオドア・ハートさん。お歳《とし》はもうすぐ二十八におなりで、実業家のお父さまの会社をいずれ引き継ぐことになるので、その前に見聞を広げるためにと、世界各地に出向かれていらっしゃるのだとか。日本にはおいでになって間もないのだけれど、その前は印度《インド》で数年間、過ごされていたんですって」

「周子さんは英語がわかるんですか？」

虎之助の問いに、周子は小さく肩をすくめた。

「全然。印度の気候がどうのとか、日本の着物がどうだとか、要所要所の単語だけは聞き取れましたけど、あとはさっぱり。だから、わたし、ただニコニコしながら話を聞いていましたの。お父さまと仕事関係で繋《つな》がりのあるかただし、失礼があってはいけないと思って。それに、見た目にも品のあるかただったので、変なことは言っていないだろうと安心もしていましたわ。そうしたら……、後日、お父さまがハートさんから『娘さんとの交際を許可していただきたい』と言われたそうで……。でも、そんなこと、急に……」

周子の語尾が羞恥《しゅうち》でだんだんと小さくなっていく。

「なるほど。着物姿の大和撫子《やまとなでしこ》に愛想よく話を聞いてもらえて、ハート氏はその名の通り、ハートを射貫かれたわけだな」

晴行が明るく言うと、静栄はまるで生活指導の教員のように眉間《みけん》に深い皺《しわ》を刻み、「笑えない、笑えない」と首を横に振った。

「こう言ってはなんだけど、チカちゃん、安易に判断しないほうがいいよ。たった一回会っただけで結婚前提だなんてあり得ない。見た目も上品そうな二十八歳の英国紳士って、逆になんだか胡散《うさん》くさいとは思わないかい？」

「シズちゃんがひとの恋路にケチをつけてるー」

「そう言うハルちゃんは心配じゃないのか」

「そうですわ。ハル兄さまはこの話、どう思われますの？」

静栄と周子から同時に詰め寄られ、晴行はうーんとうなって首を傾げた。

「悪くない話のような気はするけどね。十六歳のチカちゃんとは十二歳ほど離れているけれど、ぼくの姉さんは十八歳年上の海藤氏と結婚して幸せに暮らしているし」

歳の差ばかりではなく、玄治には周子という連れ子までいたのだ。互いに金銭目当て、爵位目当ての結婚なのではないかと、外野はかなりうるさかった。実際は、玄治が節子に岡惚《おかぼ》れして懸命に口説き落とし、節子も彼の不器用な熱意に心打たれて——といった感じだったのだ。

「節子さんの場合はいいほうに転んだけれど、だからといって楽観的になりすぎるのはどうだろう」

と、静栄はあくまでも慎重路線をくずさない。

「よくよく調べないと。一度しか会っていない相手に結婚を前提になんて言い出すなんて、ちょっとどうかと思うし。実はかなりの好き者で、印度に滞在中に現地の女性と子供をたくさんこしらえていたとか、そんな醜聞《しゅうぶん》が隠されていないとも限らないぞ」

「シズさんったら」

悪いほうにばかり想像を膨らませる静栄に、周子は苦笑を禁じ得ない。と同時に、本気で心配してもらえて安心しているふうにも見えた。

「昔は婚約者がいらしたそうだと、お父さまが言っていましたわ。二十歳《はたち》くらいのときに同い年の英国人女性と婚約していて、でも、そのかたが事故で亡くなって」

「事故?」と晴行が訊き返す。

「ええ。詳しいことは知りませんけれど。それで、その心の傷を癒《いや》すためもあって本国を離れられたそうです。その後のハートさんは仕事ひとすじ、いままで浮いた話ひとつなかったのだとか。見た目にも紳士然としていらして、わたしにはもったいないくらい」

「ふむふむ。つまり、愛《いと》しいひとの死から幾年もが過ぎ、ようやく心の傷が癒《い》えかけた頃に、異国の花咲く庭園で可憐《かれん》な少女とめぐり逢い、これぞ運命だと確信した——ってところかな」

晴行の言葉に虎之助は何度もうなずき、「ロマンチックですねえ。映画になりそうだ」と感心する。

映画でも新聞の連載小説でも、恋愛をテーマにしたものは巷《ちまた》でかなりの人気だった。新聞紙上でも、やれ駆け落ちだ、心中だといったニュースは多い。そんな時代に生きていながら、静栄だけが古い価値観から脱却できず、頭を抱えている。

「何かいろいろと衝撃だ……。確かに世間では自由恋愛が広まりつつあるが、諏訪さんのみならず十六歳のチカちゃんまで……」

「あれ？　ひょっとしてシズちゃん、自分が学業三昧《ざんまい》で恋愛にまったく縁がなかったことにいまさら気づいた？」

たちまち静栄は眉を鋭角に吊りあげ、晴行を睨《にら》みつけた。

「そう言うハルちゃんはどうなんだ！　……いや、いい。答えなくていい」

　性格的には少々難ありだが、造形的には完璧と称してもいい晴行には、問うだけ無駄であった。ふふふんと余裕ありげに笑う晴行に、周子は複雑なまなざしを向ける。

「……ハル兄さまはこのお話、勧めるのですね」

「いや、勧めるも何も、詳細がまだよくわからないから。玄治さんの仕事関係の相手なら、そう邪険にもできないしね」

　うんうんと周子は重ねてうなずいた。

「そこなんです。結婚なんてまだ全然考えられないけれど、どう言ったらわかっていただけるか……」

「ひとまず、そのハートさんだっけ、彼ともう一回くらい逢う機会を設けてみたら？　亡くなった婚約者の話とか、うまくいけば当人から詳しく聞けるかもしれないじゃないか。その上で、『そんな素敵なかたとの思い出に勝てるとも思えません』とか言って辞退するとか」

「お父さまからも似たようなことを言われましたわ。けれど、言葉もろくに通じないのにどうやって……」

　はあと大きくため息をつく周子に、

「シズさんが英語、できますよ」

虎之助がいきなり静栄を推薦してきた。

「な、何を言って……」

静栄が困惑していると晴行が、

「シズちゃんが行くなら、ぼくも行こうかなぁ」

「はあ？　行くってどこへ！」

怒鳴るように問われ、晴行はしれっとした顔で答えた。

「だから、デェトの御目付《おめつけ》役として。いきなり、ふたりきりにするわけにもいかないし、『叔父でーす』って言えばハート氏も文句ないだろ。で、シズちゃんは『通訳でーす』って言ってついてくる。場所はそうだな、外国人も好きな浅草《あさくさ》あたりがいいんじゃないかな？」

「いいですねえ、それなら親御さんも安心でしょう」

虎之助が邪気のない笑顔で賛成する。周子はためらいつつも、「ハル兄さまたちがついてきてくださるなら……」と前向きな姿勢を見せる。

静栄だけが「なぜ、ぼくが」と渋っていたが、通訳としての報酬が周子の父親から気前よく支払われるに違いないと晴行に言われると、そういつまでも抵抗してはいられなかった。

御目付役と通訳付きの浅草デェトは、周子の父親が快《こころよ》く許可したことで、トントンと話が進み、よく晴れた日に実現となった。

待ち合わせ場所は仲見世《なかみせ》通りの入り口。本来、そこにあるべき雷門《かみなりもん》は、幕末に焼失して以降、第二次大戦後まで再建されなかったため、大正年間には存在していない。それでも、明治十八年、仲見世通りは二階建て煉瓦《れんが》造りの建物がずらりと軒《のき》を並べる形に整えられて、多くのひとびとでにぎわっていた。

晴行はいつものスーツ姿、静栄もいつもの袴《はかま》姿。周子はいつものように後ろでまとめた一本おさげにリボンをつけて、小さめの薔薇《ばら》の花をちりばめた振袖を身にまとっている。

仲見世通り前ですでに彼らを待っていたセオドア・ハート氏は、中折れ帽にスーツ姿。髪色と目は親しみやすい濃いめの茶色で、背丈は晴行とほぼ同じ。欧米人特有の高い眉骨に高い鼻梁《びりょう》も、理知的で優しげなまなざしで、だいぶやわらいだ雰囲気になっている。

まずは自己紹介と、晴行は間に静栄の通訳を挟み、周子の叔父であると名乗りを上げた。すでに話を聞いていたのだろう、セオドアは、

『お若い叔父上で驚きました』

と、ありがちな感想を丁寧に述べて、にこにこ笑っている。予想以上に好印象で、意外に悪くないんじゃないかな、というのが晴行がいだいた感想だった。

帝都指折りの観光地・浅草でも、外国人の姿は否応《いやおう》なしに目立っていた。カンカン帽に羽織姿の旦那衆《だんなしゅう》、日本髪の御婦人や人力車の車夫などが、ちらちらと晴行たち四人を振り返る。英国紳士のみならず、花のごとき乙女や晴行のような美丈夫までそろっていては、人目をひくのも無理もない。

とはいえ、こうなることも想定の内。晴行たちは周囲の視線には構わず、異国からの大事な客人としてセオドアをもてなすことに心を砕いた。

最初こそ緊張気味だった周子も、仲見世通りのにぎやかさに背中を押されたのだろう、売られている菓子や玩具《おもちゃ》の説明を、英単語の羅列《られつ》でもってなんとかセオドア相手に試みる。静栄ももちろん協力したが、これが通訳としての初仕事になるせいか、彼の英語もだいぶ怪しげだった。

それでも、身振り手振り付きでどうにか話は通じたし、セオドアのほうも片言の日本語を混ぜつつ、周子との会話を成立させようと努めてくれていた。何よりセオドアはしんから楽しげで、それでも変にはしゃぎすぎることもなく、周子に対してもあくまでも紳士的に接している。

御目付役として彼らを見守っていた晴行も、これなら彼との結婚もありなんじゃないのかなと考え始めていた。

文化の違いなど、そういった苦労は当然ついてまわるだろう。言い出したらきりがない。晴行の姉の節子も、歳の離れた玄治に嫁ぐにあたって、さんざん陰口《かげぐち》を叩かれた。それでも、互いを理解し合うことで困難を乗り越えていったふたりを、周子は間近で見ていたはず。それを考えれば、こうしてついていくのもいらぬ世話なのかもしれない。

（しかし、あの小さかったチカちゃんに結婚話ねえ……）

初めて顔合わせをしたときは、周子はまだ尋常小学校に通っていた少女だった。彼女とは血の繋がらない親戚になるわけだが、叔父というよりは兄のような、喜ばしいよりももの寂しいような、奇妙な感覚はぬぐえない。

（まあ、あれこれ考えるのも早計に過ぎるか）

気持ちを切り替え、晴行も浅草見物を楽しむ方向に頭をもっていくことにした。

仲見世通りを抜け、浅草寺《せんそうじ》を詣《もう》でてから昼食をとり、その後、彼らが向かったのは浅草十二階の異名をとる凌雲閣《りょううんかく》だった。

明治・大正期における浅草のシンボル、凌雲閣は明治二十三年開業。高さは五十二メートル、十階までは煉瓦造り、十一、十二階は木造の高層建築だ。

開業当初に日本初の電動式昇降機エレベートルが設置されていたが、故障が相次いで使用停止に。そのせいで落ちた集客力を回復させるため、各階に芸妓《げいこ》の写真を貼り出し、投票により一位を選ぶというミスコンが催されたのは有名な話である。

そんな凌雲閣も、最近はまた経営が苦しくなってきたのだとか。それでも、国内一の高さを誇る煉瓦の塔は、とても見過ごしにはできない独特の威容を誇っていた。

世界の各地を廻ってきているはずのセオドアでさえ、凌雲閣を見上げ、

『まるでバベルの塔のようだ』と感嘆する。

周子もうきうきと、

「せっかくですから展望台まで昇りません？」と提案してきた。

「エレベートルは一階から八階までだよ。そこから先は階段を昇っていかなくてはならないけれど、チカちゃん、大丈夫？」

念を押す晴行に、周子は笑顔で首を縦に振った。

「ええ。浅草に来るのは本当に久しぶりで、子供のとき以来なんですもの。それに、あのときはエレベートルが動いていなくて展望台に行けなかったから、なおさらこの機を逃したくありませんわ」

そう言うのならと、晴行たちはさっそく凌雲閣の展望台めざした。八階まではエレベートルで、そこから先は階段をゆっくりとのぼっていく。

たどり着いた展望台には、すでに多くのひとびとが集《つど》っていた。彼らの目当ては、もちろん、展望台から望む値《あたい》千金の絶景だ。

凌雲閣の足もとには浅草公園の瓢箪《ひょうたん》池と、数多《あまた》の劇場が建ち並ぶ浅草六区。中でも、サラセン風のドーム屋根を戴《いただ》いた元浅草国技館は殊《こと》に目をひく。そのむこうには、江戸の面影を遺す瓦《かわら》屋根の町並みが海まで続いている。違う方向へと視線を転じれば、駿河《するが》国の富士山《ふじさん》、関八州《かんはっしゅう》の山々までもが遠く見渡せるのだ。この大パノラマはよそで得られるものではない。

セオドアや周子はもちろん、晴行でさえも少年のようにはしゃいだ。ただし、静栄だけは強《こわ》ばった表情で「高いところは苦手なんだ……」と後ずさる。

「せっかくここまで来たのにもったいない。仕方がないな、シズちゃんは」

苦笑しながら、晴行は展望台内を見廻した。他にも、静栄のように怖じ気づいている高所恐怖症の来館者はいないだろうかと思って。それに該当《がいとう》しそうな人物は見当たらなかったが、晴行の視線はひとりの女性に自然と引きつけられていく。

白いジョーゼットのブラウスの肩に、麦の穂のような亜麻《あま》色の髪を垂らした外国人女性だった。

　年齢は二十歳前後だろうか。高い鼻梁に気品が、小鼻のあたりにうっすらと散るそばかすには、少女のような愛らしさが薫《かお》る。しかし、その横顔には憂鬱《ゆううつ》そうな影が射し、水色の瞳も物思いに沈むかのように伏せられている。まるで、そのまま陽に透け、消えていってしまいそうな、はかなさだ。

　外国人にも人気の浅草なのだし、自分たち以外にも異国からの客人をもてなしている誰かがいるのかもしれない、と晴行は最初、思った。が、ちょっと視線をそらしてから、すぐにもとに戻したそのときには、彼女の姿は忽然《こつぜん》と消えていた。

　見間違いとするには鮮明に過ぎたし、亜麻色の髪の外国人女性を誰かと間違うはずもない。階下に下りていったにしては、階段との距離がありすぎる。

(だったら、なんだ?)

　妙な違和感が晴行の胸にじんわりと広がっていく。もしやと思いつつ、彼は周子と話しているセオドアを盗み見た。

　周子は遠くの富士山を指差しつつ、「まうんとふじ、まうんとふじ」と連呼している。手すりから充分すぎるほど距離を置いた静栄が、『ふじは日本一のやまです』と発音の怪しい英語で説明している。雑な解説にも、セオドアは快く目を細め、うなずいている。

誰も、あの亜麻色の髪の女性に気づかなかったようだ。ならば幻か、映画のポスタァでも見間違えたか。しかし、見間違えそうなものは展望台のどこにもない。

（ひょっとして、ハート氏の亡くなった婚約者だったりして……）

そんなふうに想像を膨らませかけ、まさかねと否定する。日ノ本新聞に〈怪談男爵〉として持ちあげられるようになって、そちら方面に思考をめぐらせる癖がついてしまったのかもしれない。さすがに自戒《じかい》したほうがいいかもなと、晴行は珍しく、ほんのちょっぴりだけ反省した。

凌雲閣での眺望を堪能したあとも、浅草の街中を探索して廻り、陽が沈む前に解散となった。晴行と静栄は周子を家に送り届けるため、タクシーに乗りこむ。その車中で、周子は興奮冷めやらぬ様子でつぶやいた。

「今日は本当に楽しかったですわ」

「ハート氏とのデェトが？　それとも、久しぶりの浅草見物が？」

意地悪ではなく、姪の本心を確かめるために晴行も訊いてみる。答えによっては、御目付役として彼女の父親に報告しなくてはならぬ義務があるからだ。

周子は戸惑うように首を傾げ、少しの間考えてから、慎重に答えた。

「……デェトではないのかもしれません。だって、ハートさんがよいかただというのは重々わかりましたけど、だからといって、すぐに結婚に結びつくわけでもありませんもの」

だろうな、と晴行も納得した。むしろ、周子が意外に冷静であることを歓迎していた。

「ですから、また結婚の打診が来たなら、遠廻しに断っていただけるようにお父さまには頼んでみようと思います」

「そうなんだ。もったいないような気はするけれど、まあ、チカちゃんがそう言うのなら、それでいいんじゃないかな」

助手席にすわった静栄も何度もうなずきながら、

「だな。結婚なんて、そう軽々しく決められるものじゃなし、女の子はそれくらい用心深いほうが絶対にいい」

しかめっ面《つら》で断言するものだから、その堅苦しさに晴行は苦笑してしまう。

「シズちゃんは保守的だなぁ」

「そうですわ。わたしの通う女学校の先生みたい」

「うん、シズちゃんが女学校の教師になったら、良家の子女の虫よけのために誠心誠意がんばってくれそうで、いいかも。官僚じゃなくて、そっちの道を目指したらどうなんだい」

「こらこら、勝手にひとの進路を変更してくれるなよ」

助手席から振り返って、静栄が後部座席のふたりを睨みつける。虎之助なら彼の眼光の鋭さにすくみあがっただろうが、晴行と周子は気にせず笑っている。

夕暮れの帝都を進むタクシーの車内は、明るく楽しげな空気に満たされて、彼らとは縁もゆかりもない運転手でさえ笑顔でハンドルを握っていた。


浅草でのデェトから数日後、晴行は静栄とともに帝都某所の商工会館へと向かった。会館の一室で開かれる、日ノ本新聞社主催の降霊会に参加するためだった。会館は広い公園に隣接しており、ここならば何かあっても近隣から苦情は来まいと思われたのかも知れない。

現地に着くや、先に到着していた虎之助が駆け寄ってきて、晴行たちに上司を紹介した。

「編集長の鈴木原《すずきばら》です」

眼鏡と無精髭、どこか怪しげな雰囲気を醸《かも》し出す四十代の鈴木原編集長は、満面に笑みをたたえて晴行たちを迎えた。

「やっとお逢いできて光栄ですよ、怪談男爵さま。いやはや、諏訪から話に聞いておりましたが、これほどの美男子とは。ぜひとも、次は写真入りで記事に載せたいところですね」

世辞ではなく本気で言っている様子に、静栄の顔が強ばる。晴行は飄々《ひょうひょう》とした体で、

「申し訳ないですが、写真は勘弁していただきたい。母に知られたら大ごとですから。何しろ昔気質《かたぎ》のひとで、万が一、母が〈怪談男爵〉の正体を知ったなら、先祖に申し訳が立たぬとばかりに、日本刀片手に詰め寄ってこないとも限らないのです」

「なるほど、それは大変だ」

冗談だと思ったのだろう、鈴木原はあっはっはっと大笑いしたが、それ以上の無理強《じ》いはしてこなかった。

降霊会の会場となる一室は広めの洋室で、強い西日は厚めのカーテンによって遮《さえぎ》られ、電灯が灯《とも》されていた。中央に大きな丸テエブルと椅子《いす》。見物人用の椅子も、壁際にずらりと並べられている。

しばらくすると、霊媒師のマダム・ステラが男性の付き人ひとりを伴《ともな》って現れた。彼も外国人だった。

本場仕込みの霊媒師と聞いて、晴行は魔女のような怪しげな人物を想像していたが、登場したマダム・ステラはいたって普通の女性で、年齢は四十の後半くらい。小柄で、羽根飾りをつけた髪は密な巻き毛の赤銅《しやくどう》色。古風なドレスを身にまとっていた。

彼女は晴行を見るなり、緑色の目にいたずらっぽい輝きを宿し、陽気な声をあげた。

『まあ、美男子！』

英語はあまり得意でない晴行も、褒められたことを察して極上の笑みを振りまく。

『あなたが通訳さんなの？』

期待に目を輝かせるマダム・ステラに、

『ちがいます。ワタシが通訳です』

怪しい発音で静栄が言う。先日、浅草でセオドアの通訳をしたときもそうだったが、外国人に慣れる段階にはまだ至らず、マダム・ステラ相手にも緊張しているらしい。

『あらまあ、こちらのお若いかたも素敵ね』

世辞ではあろうが、マダム・ステラはそう言って片目をつぶった。霊媒師でございとふんぞり返る素振りは微塵《みじん》もない。

日ノ本新聞社が連れてきたカメラマンが、「すみません、降霊術が始まる前にお写真、撮らせてください」と申し出ると、マダム・ステラは女優のようにポーズをとり、

『いまだけよ。降霊術の最中は撮影禁止でお願いね』

と、気さくに応じた。

晴行は自身を「日ノ本新聞社の関係者です」ということにしておいた。まったくの嘘ではなかったし、それ以上、深く追及もされなかった。実際、その場には心霊現象に興味があると言ってやってきた大学の研究者やその助手など、よくわからない人物も多数交じっ

ていたのだ。

マダム・ステラは慣れているのか、場の騒がしさにも文句はつけなかった。それどころか通訳の静栄だけでなく晴行まで引き連れて、来訪者に挨拶をしていく。愛嬌《あいきょう》たっぷりで、神秘的、もしくはいかがわしげな感じはない。むしろ、日ノ本新聞社の鈴木原編集長のほうが格段に怪しげだ。

鈴木原自身もその自覚があるのか、

「さて。では、予定の時刻となりましたので、そろそろ始めましょうか。――皆さん、神秘の世界へようこそ」

ことさら声を低くして、おどろおどろしげに開演を告げる。会場の電灯がいったん消され、気の早い観客がきゃっと小さな悲鳴をあげ、続けて複数の失笑が起こった。

消された電灯の代わりに、蠟燭《ろうそく》を立てた燭台《しょくだい》が複数、運びこまれてきた。一台は丸テエブルの中央へ、他は部屋の各所に配置される。揺れる灯《あか》りはいやが上にも雰囲気を盛り立てていく。

丸テエブルの席にすわったマダム・ステラが、隣の席の静栄に小声で何事かを告げた。静栄はその内容を誰にも伝えず、浅くうなずいただけだった。晴行はそれを、壁際の見物者用の席から眺めていた。

気になった晴行があとで静栄に尋ねたところ、『こういう演出は好きではないのだけれど、仕方ないわね』とのことだったらしい。

いかにもな雰囲気をふんだんに漂わせ、鈴木原は蠟燭の明かりを頼りに、原稿片手にマダム・ステラの経歴を説明した。

それによると、彼女がおのれの能力を自覚したのはいまから三十余年前、英国の首都、ロンドンに住んでいた頃だったという。

「その日、十代なかばの可憐な少女であったマダム・ステラは友人たちといっしょにロンドンの街をそぞろ歩いておりました。大勢のひとが行き交う中、ふと、彼女は異様な風体の女性に気がついたのです。なんと、その女性は全身血まみれ、虚《うつ》ろな表情を浮かべた顔は無惨《むざん》に切り刻まれ、裂かれた喉《のど》からも大量の血が流れ出ている。そんな大怪我を負っていては、まともに動けもしないであろうに、彼女はふらつきながらも、山高帽の紳士の後ろにぴたりとついて歩いていたのです。ぎょっとして立ちすくんだマダム・ステラに友人たちが『どうしたの』と尋ねます。『あそこにいる女のひとが……』と言おうとしたときにはもう、件《くだん》の女性の姿は消えてしまっておりました。そのときになって初めて、マダム・ステラは気づいたのです。血まみれの女性の足が地面から浮いていたことを。つまり、彼女が目撃したものは生きた人間ではなかったのであります……」

浅草の講談師さながらに声に抑揚をつけ、鈴木原がマダム・ステラの最初の霊体験を語る。蠟燭の火までもが、彼の加勢をするかのようにことさら激しく震えている。

「当時、ロンドンではジャック・ザ・リッパーと呼ばれる殺人鬼が暗躍しておりました」

三十年ほど前のロンドンで、娼婦《しょうふ》を次々と惨殺《ざんさつ》していったジャック・ザ・リッパー。その話は遠い極東の島国にも届いていた。有名に過ぎる稀代《きたい》の殺人鬼の名が出たことで、観客の間からはおおっとどよめきが起こった。

「ご存じのかたも多いようですから、詳しくは述べませんが、ジャックは少なくとも五人の娼婦を殺し、死体の喉を裂いたり、顔を刻んだり、内臓を持ち去ったりと、筆舌に尽くしがたい残虐《ざんぎゃく》行為を行いました。さらには、警察に犯行声明文を送るといった大胆さ。でありながら、その正体はいまだ不明。犯罪史に残るこの猟奇《りょうき》事件は未解決なままなのであります。——若かりし日のマダム・ステラが目撃したのは、ジャックに殺された被害者の霊だったのかもしれない。では、彼女がぴたりとついて歩いていた山高帽の紳士こそ、ジャックそのひとだったのではないか。残念ながら、その紳士はすぐに雑踏にまぎれ、どこに行ったのかもわからなくなってしまった。顔もはっきりと見たわけではなく、いまとなっては捜す手立てもない……。そんなわけで、この件はそれ以上、発展しませんでした」

無念のため息が複数、観客の間からこぼれた。マダム・ステラがジャック・ザ・リッパー逮捕のため、警察と協力して動き出すといった、ドラマティックな展開を勝手に期待していたのであろう。

「とはいえ、これがきっかけとなり、マダム・ステラの生活は激変したのです」

その後、マダム・ステラは頻繁《ひんぱん》に霊の姿を目撃するようになった。最初のうちこそ恐れ、悩みはしたけれども、これは神が自分に与えたもうた試練なのだと悟った彼女は、生きている者と死んでいる者の橋渡しをしようと思い立つ。そして、多くの試行錯誤《さくご》をくり返し、霊媒師としての力を着実に身につけていき、いまに至るのであった——

鈴木原編集長の熱弁に、観客はみな、聞き入っている。晴行も隣席の虎之助に小声でささやいた。

「トラさんところの編集長、浅草六区の弁士より弁が立つかもしれないな」

虎之助は苦笑しながら肩をすくめた。

「根っから怪談が好きなんですよ。うちの怪談記事も、そもそもが編集長の趣味の延長みたいなもので。おかげでこっちは振り廻されっぱなしで……」

鈴木原の説明が終わったところで、マダム・ステラが立ちあがり、短い挨拶をした。静栄も彼女の傍《かたわ》らに立ち、その言葉をすぐに訳していく。

「マダム・ステラはこうおっしゃっています。『死者は常にわたしたちのまわりにいて、その行いをみつめています。どうか、誰に見られても恥ずかしくないような善《よ》き行いを心がけてください。それでこそ、天国への門は開かれるでしょう』と」

教会の説教のようでもあったが、拍手が起こり、マダム・ステラは満足そうに一礼して椅子にすわり直した。

晴行は形ばかりの拍手をしながら、凌雲閣の展望台で見た女性のことを思い出していた。亜麻色の髪のはかなげな女性。彼女がセオドアの死んだ婚約者だとしたら、かつての恋人が新たな結婚相手をみつけようとしているのを、どんな気持ちで眺めていたのだろうか、と。祝福か、嫉妬か。前者ならともかく、後者だとしたら？

（大丈夫かな、チカちゃん……）

そんなことを考えているうちに、降霊会は次の段階へと進んでいった。丸テエブルの席に着いた裕福そうな羽織姿の老人が、十年前に死別した妻の霊を呼び出すよう、マダム・ステラに頼んだのだ。

「同い年の夫婦で、死ぬときはともにと言い合っていたのに、わしよりひと足先に病で逝《い》ってしまって。しかも突然のことで、最期の言葉を交わす間もなかった。それが心残りでたまりませんのじゃ。どうか、いまひとたび、妻と話をさせてもらいたい」

マダム・ステラは老人の要請に応じ、テエブル席に着いた全員に、隣席の人物と手を繋ぎ合うよう指示をする。その指示通りに、互いの手が繋がれていく。通訳の静栄も例外ではなかった。

マダム・ステラは目を閉じ、ぶつぶつと小声で何事かを唱え始める。静栄はそれも訳さなければならないと判断したのか、身体をマダム・ステラのほうに寄せ、

「えっと、『さまよえる心霊よ』、『ここに来たれ』、いや、『来たりて』、いやいや、もう来てる？」

と、日本語訳に悪戦苦闘している。

必死に対応している静栄がおかしかったのか、観客の誰かがくすっと笑った。緊張の場面で誰かが笑うと、たちまち伝播《でんぱ》していくのはよくあることだ。このときもそうなりかけたが、急にピタリと止まった。厚いカーテンがゆるやかにうねっていることに、観客たちが気づいたからだった。

窓は閉めきっており、風など吹きこんではいない。なのに、カーテンはゆっくり、ゆっくり波打っている。

瞑目《めいそう》していたマダム・ステラが、突然、カッと目を見開いた。

彼女はぐるっと首をねじって後ろを振り返る。その視線の先で、カーテンは依然、揺れ

続けている。

マダム・ステラが低い声で何かを言った。静栄があわてて翻訳する。

「『あなたは誰？』」

問いかけはするものの応じる声はない。何事だろうかと動揺した観客が盛んにざわつく。

マダム・ステラは外野には目もくれず、揺れるカーテンを見据えて何かを言った。静栄がすぐに日本語に訳した。

「『誰にそんな目に遭《あ》わされたというの？』」

カーテンのあたりに観客には見えない何者かがいて、マダム・ステラがその相手に向けて語っているのは確実だった。

亡き妻の呼び出しを依頼した老人は、そわそわしながら問うた。

「どうした？　わしの妻が来ているのではないのか？」

マダム・ステラは老人を一顧だにせず、低い声でつぶやいた。彼女に代わって静栄が言う。

「どうやら違う霊のようです」

「違う霊じゃと？」

「奥さまは同い年で、病で亡くなられたのですよね？　お年を召された病人には見えないと、マダム・ステラは言っております。ここに来ているのは若い女性の霊で、何か訴えたいことがあるらしく……えっ？」

突然、マダム・ステラが甲高い声を発した。

「マダム・ステラ、どうしました。えっ？　えっ？」

静栄はおろおろしながらも、マダム・ステラの言葉を聞き取ろうと必死になる。

「『まさか、あの男が――』って、あの男とは誰のことです？」

思いも寄らぬ展開に観客は固まる。怪談大好きの鈴木原でさえ表情が硬い。晴行と虎之助は丸テエブルに駆け寄るべきかと、腰を浮かせかける。

次の瞬間、厚いカーテンがぶわりと勢いよくめくれあがり、天井まで届く細長い窓が露わにされた。

すでに陽は暮れて、窓のむこうは真っ暗だ。その四角く切り取られた暗闇に、白い人影がぼうっと滲《にじ》んでいる。

前髪を膨らませた庇髪《ひさしがみ》に、太縞の和装をまとった二十歳前後とおぼしき女だった。輪《りん》郭《かく》がぼやけているものの、首と腹部に赤い血がこびりついているのは視認できる。降霊会が行われているのは二階の部屋で、窓のむこうにはベランダもない。つまり、人影は何もない虚空《こくう》に浮かんでいたのだった。

観客の誰かが悲鳴をあげた。驚いて立ちあがり、椅子をひっくり返した者もいた。

「写真！　写真だ、早く！」

ブン屋根性を発揮して鈴木原が怒鳴るが、日ノ本新聞社のカメラマンは腰を抜かしてしまい、身動きもままならない。亡妻の呼び出しを頼んだ老人は口をあけたまま固まっている。マダム・ステラは気分が悪くなったのか、両手で顔を覆ってテエブルにうつぶし、付き人に肩を揺すられても動こうとしない。

その場の大半の者が恐怖に囚《とら》われている中、晴行は虎之助がわななきながら小さくつぶやく声を聞いた。

「お糸ちゃん……？」

「トラさん？　いま、なんて？」

虎之助は応えず、目を大きく見開いて白い人影を凝視している。自分が見ているものが本物なのかなんなのか、必死に見極めようとしているかのようだった。

人影のほうは室内での騒ぎ全体を無感動に見廻すと、右腕をそっと上げて、おのれの後方を指差した。直後、ふっと煙のように消えてしまう。あとには暗闇が広がるばかりだ。

それでも、会場の騒ぎは鎮まらない。

鈴木原が声を張りあげ、観客たちをなだめた。

「皆さん、落ち着いて。落ち着いてください。おい、誰か、電気をつけろ」

やっと部屋の電灯に明かりが灯った。揺らぎの蠟燭ではなく、文明の利器に皓々《こうこう》と照らされて、ひとびとが安堵《あんど》のため息をつく。その隙《すき》に、虎之助は会場を飛び出していた。晴行も彼を追って出る。鈴木原編集長は場の収拾に努めていて、ふたりが出ていったことにも気づかない。静栄も、ぐったりとしているマダム・ステラの介抱に追われていた。

虎之助は会館の外に出ると建物を振り返り、人影が見えた窓を目で必死に探していた。

彼に追いついてきた晴行にも、

「あそこですよね。あの窓ですよね」

と、あわただしく尋ねる。

「ああ、そうだ。あの窓だったな」

やはり外側にはベランダどころか、足がかりになりそうなものも見当たらなかった。生きた人間を上から吊りさげた可能性もなくはなかったが、それでは目の前で忽然と消えたことへの説明がつかない。この近くを浮遊していた霊が、マダム・ステラの霊能力に惹《ひ》きつけられて寄ってきたと考えるほうが自然だろう。

では、霊は何を訴えようとしていたのか……。

「トラさん、さっき、お糸ちゃんって言ってなかった？　それって」

晴行が確認しようとすると、虎之助は泣きそうな顔をして首を左右に振った。

「わかりません。そんなふうに見えた気がしたんですけど、でも、まさか」

もしかして、お糸はすでにこの世の者ではないのかもしれない。そんな不吉な予感と、何かの間違いであって欲しいと願う気持ちとの板挟みになっているのが、晴行にも手に取るようにわかった。

「どこか指差していたよね。あの位置からだとしたら――」

霊が指差していた先には、会館に隣接した公園の林が広がっていた。昼間ならきっと気持ちのよい空間であろうが、夜ともなると鬱蒼《うっそう》として薄気味が悪い。電灯はあれど数は少なく、ひとりで入っていくにはためらわれるものがあった。

が、晴行は迷わず公園に向かおうとする。虎之助は、

「待ってください。おれは無理です。とても無理――」

青い顔をして弱音を吐いた。単に暗闇を怖がっているのではなく、この先にあるかもしれないものへの不吉な予感に打ちのめされているのだ。晴行も虎之助の心情を察して、

「わかった。ここにいてくれ。ぼくが見てくる」

「すみません、ハルさん……」

「大丈夫。この〈怪談男爵〉にすべて任せてくれたまえ」

大胆に見得《みえ》を切って、彼は夜の公園へと入っていった。

ひと気のない公園は不気味なほどに静まり返って、ところどころに灯った電灯は、かえって闇の濃さを強調していた。それでも、何かしら兆《きざ》しがあれば見落とすまいと、あたりに目を配りつつ、晴行は遊歩道を早足で進む。

恐怖よりも、一体何が起きたのか見定めたい気持ちのほうがまさっていた。この好奇心の強さが、彼をして〈怪談男爵〉なる役まわりを演じさせているのだと言って過言ではない。

公園の最奥まで行き着き、ぐるりと方向転回して会館のほうへと向かおうとしたそのとき、視界の片隅《すみ》にちらっと白い影が映った。右手の茂みに白い人影が立ち、木々の奥を指差しているように見えたのだ。

晴行がそちらに進むと人影は消えた。窓辺に浮かんでいた人影と同じだったかどうかは、なんとも言えない。確かめる間もなかった。しかし、見逃せるはずもない。

遊歩道からそれ、藪の中に分け入ってみる。暗すぎて何も見えはしない。あきらめて昼間に出直したほうがいいのではないかと思ったそのとき、ぞわりと背中に奇妙な感覚が走った。

「ここか。ここなんだね」

怖がるより先に、暗闇に問うてみる。返事はなかったものの、ここでいいのだと晴行は確信し、ジャケットの内ポケットからマッチを取り出した。

シュッとマッチを擦《す》って、熾《おこ》した小さな火で暗がりを照らしてみる。すぐ目の前の大樹の根もとが少しえぐれていた。犬だか猫だかが何かを掘り返そうとしたらしい。

途中で犬だか猫だかはあきらめたようだったが、その名残《なごり》として、地中から白い指が二本、露出していた。人間の指だ。

マッチの火が尽きたので、晴行は二本目のマッチを擦って、その小さな火を地面に近づけてみた。どう見ても、人間の指に間違いない。

地中から突き出た指先の爪は暗い紫色に変色し、その指の持ち主がすでに息絶えていることを示している。

「これか――」

白い人影は、あそこに死体が埋められていると伝えようとしていたに違いあるまい。そう確信してつぶやいたと同時に、それまで気づかずにいた腐臭に鼻を刺激され、晴行は顔をしかめて身を起こした。

遠くから「ハルさん、ハルさん」と呼ぶ声が近づいてくる。任せろと言ったのに、虎之助が我慢できなくなって追ってきたようだ。

仕方ないなと思いつつ、晴行は遊歩道へと出ていった。

「ここだよ、トラさん」

「ああ、よかった。無事でしたか、ハルさん」

ホッとして駆け寄ってきた虎之助の肩に手を置き、ぐるりと方向転回させて、晴行は林の奥から彼の目をそむけさせた。

「な、なんですか?」

戸惑う虎之助に、晴行が言う。

「警察、呼んできて。トラさん」

「警察?」

「遺体がある。埋められている」

「遺体が?」

「きみは見ないほうがいいよ」

虎之助の身体がハッと硬直したのが手に伝わり、晴行はより強い力で彼の肩を握りしめた。暗くてよかったと、あれを直接、トラさんに見せずに済んでよかったと、晴行は内心、強く思っていた。

甘味処〈鈴の屋〉のテエブルの上には、何社もの朝刊が広げられていた。どれもこれも、見出しには『帝都に殺人鬼現る』『ジャック・ザ・リッパーの再来か』『降霊会に現れし被害者の霊』といった文言が躍《おど》っている。

静栄は苦々しげに言った。

「やっぱり、日ノ本新聞の記事がいちばん詳しい。それでも、新情報はなしだ。どれもこれも、『犯人を示す手がかりはいまだにみつかっていない』」

「そうなんだ」

晴行は言葉少なに汁粉をすすった。降霊会の夜からは、すでに数日が経過していた。いつもの〈鈴の屋〉でいつもの汁粉を食しているというのに、ふたりの表情は冴《さ》えない。それも無理からぬことだった。

興味半分で降霊会に参加したところへ、実際に霊とおぼしき怪しい人影が降臨。さらには遺体発見という思いも寄らぬ展開に。駆けつけた警官の手によって遺体は掘り起こされ、身元もすぐに判明した。

相田《あいだ》糸、二十二歳。職業はカフェーの女給。――虎之助の幼友達に間違いなかった。

遺体発見の数日前から無断欠勤が続いていたという。真っ先にお糸の同居男性の関与が疑われ、現在、取り調べ中だが、男は容疑を否認している。

普段は虎之助をうっとうしがっている静栄が、椅子の上で落ち着かなげに身じろぎをして言った。

「……諏訪さん、大丈夫かな」

「どうかな。立ち直るのに時間がかかるかもしれないな」

さすがの晴行も気休めさえ言えなかった。

幼友達が殺され、公園に埋められていたというだけでも衝撃的なのに、掘り起こされた遺体は無惨にも喉と腹部を裂かれていたのだ。会館の窓のむこうに浮かんでいた人影が、首と腹を血に染めていた点とも一致していた。

当然、晴行と虎之助は警察から根掘り葉掘り、訊かれることとなった。警察は日ノ本新聞社主催の降霊会にも興味を示し、「もしかして、会を盛りあげるために遺体を会場近くの公園にわざと……」などと、とんでもない探りを入れてくる始末だった。

鈴木原編集長や、日ノ本新聞社のお偉いさんまで警察に呼び出され、延々、深夜まで拘束されてしまった。静栄だけは、マダム・ステラを逗留《とうりゅう》中のホテルに送り届ける役をあてがわれて、警察には行かずに済んだ。とはいえ、それはそれで、彼女のお守《も》りに難儀したらしい。

警察の聴取からようやく解放されたのちも、晴行はとても虎之助を独りにしておけず、彼が住まいとする古ぼけた下宿屋に送り届け、ついでに部屋へと上がらせてもらった。

すみません、汚い部屋で。

飲みたいでしょう？　でも、いま切らしていて。お茶くらいしかないんです、すみません。

そんなふうに何度も謝りながら、虎之助は安い番茶をいれてくれた。茶をすすり、しばらく黙っていた虎之助は、

「どうして、お糸ちゃんがあんなことに……」

と、つぶやいたのをきっかけに、お糸との思い出を含めた、自分自身の子供時代のことをぽつりぽつりと語ってくれた。

いわく、お糸とは尋常小学校の行き帰りにいつもいっしょだったこと。自分は農家の次男坊で、お糸にも兄や妹がいて似たような環境だったので、気も合って——等々、とりとめもなく語っては、「どうして、お糸ちゃんが……」と言っても詮《せん》無いことをくり返す。答えなどないとわかっていても言わずにいられないのだ。

晴行はへたに慰めるでもなく、ただ黙って聞いていた。ときどき、番茶をつぎ足して。夜が明けるまで、そうしていた。

それから、虎之助とは会っていない。待ち合わせなどしなくても結構な頻度《ひんど》で〈鈴の屋〉に顔を見せに来ていたのに、それもない。降霊会の後始末で単純にいそがしいのだろうとは思えど、やはり気にはなる。

「今日あたり、住まいを訪ねてみようかなぁ。シズちゃんもいっしょに来る？」

「なぜ、ぼくまで」

静栄は条件反射的に反発しておきながら、

「手みやげは酒かな。甘味全般が苦手のようだし」などと言い出す。

「そのあたりが無難だろうな。ついでに肉も持ちこんでスキヤキにするとか」

「いいかも。なんだか、泣き声が聞こえるっていう家に三人で泊まったときのことを思い出したよ。あのとき食べたのはおでんだったっけ」

ちょうどそんな会話をしていたとき、〈鈴の屋〉に珍しく客がふたりも入ってきた。虎之助と周子だった。

「あれ？　ふたりで？」

想定外の取り合わせに驚く晴行に、「そこの道でばったり出逢いましたの」と周子が説明する。

「ハル兄さまにご相談したいことがあってお電話しましたら、尊子《たかこ》おばさまが出られて、外出中だと言われたものですから、ここじゃないかしらと思って」

その予想は当たっていたことになる。

「こっちはようやく仕事のひと区切りがついたもんで」

目の下にクマの浮き出た虎之助が、そう言いながら静栄の隣の席にすわった。周子は晴行の隣にすわる。静栄は卓上に広がった各社の新聞を急いでかき集め、足もとの鞄《かばん》に押しこんだ。

店の奥からお鈴がぴゅっと飛び出してきて、いらっしゃいませと消え入りそうな声で言いながら、周子と虎之助の分の湯飲みを置いた。

「わたしはお汁粉を」

周子からの注文にお鈴はうなずき、それから虎之助に視線を転じる。虎之助はお鈴とは目を合わせないまま、「磯辺餅を」と告げた。お鈴は再度うなずき、店の奥へと戻っていく。のれんのむこうに消える寸前、彼女が気がかりそうに振り返ったのを、虎之助は見ていなかった。

虎之助はハンチング帽を膝《ひざ》の上に置き、茶をひと口飲んで、ため息をついた。

「警察、しつこいですよぉ。痛くもない腹をさんざん探られました」

だろうね、と晴行が同情を寄せる。男爵の肩書きが効いたのか、海藤の姻戚《いんせき》だと知られたのか、晴行への追及はさほどではなくなったが、三流新聞社の日ノ本新聞へはそうもいかなかったようだ。

「どうにかこうにか、事件とは無関係だと理解してもらえましたけどね。てか、実際のところはまだ疑われているんでしょうけれど、こっちはもうどうしようもないし、好きなだけ調べてくれって感じです。どうせ何も出ないから」

「お疲れ」

「お疲れさま」

晴行と静栄が異口同音に虎之助をねぎらう。事情を知らない周子は「事件？」と首を傾げた。

「ジャック・ザ・リッパーみたいな殺人鬼が帝都に現れたって話、聞いてない？」

晴行の問いに、

「降霊会に女のひとの霊が現れて、自分の遺体が埋められた場所を教えたっていう気味の悪い話でしょう？　女学校でも噂《うわさ》になっていますわ」

「あの降霊会、トラさんの勧める新聞社の主催だったんだよ。シズちゃんが通訳として呼ばれて、ぼくも会を見物させてもらった。窓のむこうに浮かぶ白い人影をこの目で見たし、会場の近くに埋められていた遺体をみつけたのも――」

言いかけて、晴行は静栄が盛んに目配せしていることにやっと気づいた。日ノ本新聞に掲載された記事では、『降霊会に偶然、参加していた〈怪談男爵〉が霊の導きにより、遺体を発見』と書かれていたのを思い出し、ここで自分の名を出すと〈怪談男爵〉の正体が自分だとバレてしまいかねないと危ぶんで言い繕《つくろ》う。

「トラさんが遺体をみつけたんだよ」

虎之助も公園には行っており、あながち嘘というわけでもない。

「まあ、それは大変でしたね」

気遣う周子に、虎之助は弱々しい笑みを向けた。

「大変は大変でしたけど、なんとか一段落つきましたから。そうしたら、なんとなく、この磯辺餅が食べたくなったんですよね」

「汁粉もおいしいよ。試してみたら?」

晴行が自分の食べかけの汁粉を差し出すと、虎之助は困ったように眉を八の字に下げた。

「甘いものはあんまり……」

「まあ、そう言わず、ひと口だけでも。甘味は疲れた心によく効くから」

「そうなんですか？　じゃあ」

甘味処に通いながら、ずっと甘いものを避けていた虎之助が、ついに椀《わん》に手をのばし、

汁粉をひと口すする。あずきの味をしっかりと舌で確かめてから、

「ああ、うん。これは染みますねぇ……」

悪くない、といった表情を浮かべた。だろ、と甘味好きの静栄が得意そうに口を挟む。

そこへ、まるではかったかのように、お鈴が小ぶりな椀を運んできた。虎之助の前に置かれたその椀には、善哉《ぜんざい》が半量ほど入っていた。

「これ、おばあちゃんから。いつも出しているものより、だいぶ甘さ控えめにしたので味見してくださいって」

「おれに？」

お鈴が頭を縦に振る。彼女にまっすぐみつめられては、いやとも言えまい。直前に汁粉をひと口すすって、食わず嫌いの鎧《よろい》が剝《は》がれかけていたのもあってか、虎之助はさほどためらわずに甘さ控えめ善哉を口にした。

「うん、うまい」

なかば驚いたような口調だっただけに、世辞とも思えない。

「よかった。おばあちゃんにも伝えてきますね」

お鈴はホッとしたように言って、また店の奥へと戻っていく。心なしか、その足取りは弾んでいた。虎之助とお鈴がいい雰囲気になっているのを察して、静栄は妬《ねた》ましげに眉根

を寄せ、晴行と周子は微笑ましげに表情をゆるめる。

「おばあちゃん公認か。だいぶ進展したな」

「進展だなんて、そんな」

「よかったですわね、トラさん」

「お嬢さんまでトラさん呼びですか……」

「あら、駄目ですか?」

「いや、構いませんとも。もう、なんだろうと構いません」

「この機に、シズちゃんも諏訪さん呼びじゃなくてトラさん呼びに変えたら?」

どさくさにまぎれて呼称変更を勧める晴行に、

「なんでも構わないのなら、諏訪さん呼びでもいいだろうに」

と、静栄は頑固に言い張る。晴行は苦笑して周子に別の話を振った。

「それで、チカちゃん、ぼくに用があったんだっけ」

「ええ。実は」周子は姿勢を正し、大真面目な顔で言った。

「ハートさんにお父さまを通して、交際に関してはご遠慮させてくださいと、お断りの意思を伝えましたの」

「そうなんだ」

晴行があっけらかんと言えば、静栄がしたり顔で、

「そうだろう、そうだろう。結婚はまだ早いよ」などとうそぶく。

「もったいないような気もしますけどねえ」と虎之助はぼやく。

「そうしましたら、ハートさんからお手紙が届いたんです」

周子が白い洋封筒をおもむろに取り出す。手紙は流麗《りゅうれい》な筆跡の英文で書かれていた。

「なるほど、それでシズちゃんに英訳を頼もうと……」

静栄もその気になって手紙を受け取ろうとするが、

「いえ、がんばって辞書を引きましたから、内容はだいたいわかっていますわ」

と、すげなく断られてしまった。

「けして浮ついた気持ちではないと、真摯《しんし》な想いが切々とつづられていました。婚約者が事故で亡くなってから、結婚について考えることすらなくなっていた自分が、ようやくみつけた真実の愛なのだと。とても情熱的なお手紙で、びっくりしました。わたしなんかにはもったいない話ですわ。でも、そこまで想われるのも正直……」

周子が曖昧《あいまい》にした先を、晴行はずばり言った。

「重たいな」

周子は否定しない。静栄はわが意を得たりとばかりにうなずき、虎之助は恋愛の難しさ

にうーむとうなって腕を組む。

「婚約者のかたは、川でおぼれて亡くなられたのだと手紙に書いてありました。誰も見ていなかったので、風に飛ばされた帽子を取ろうとして誤って川に落ちたのではないかとされたそうですけれど、もしかしたら自殺だったかもしれない、自分との結婚を厭がっていたのではないかと、ハートさんはずっと悩まれていたそうで」

晴行は頭に浮かんだままを口にした。

「同情を誘おうとしているのかな?」

悪意などはまったくなかった。周子は「さあ……」と曖昧に首を傾げる。

「お気の毒だとは思います。でも、そこまで深く傷ついていてらっしゃるかたを支える自信も、わたしにはなくて……。わたしもお手紙を書いて、その中できっぱりお断りしようと思ったんです。こんなことを言うのは薄情でしょうか?」

いいや、と晴行は周子の懸念をきっぱり否定した。

「人間には腕が二本きりしかないんだから、ぶち当たったもの、全部が全部を救えるわけじゃない」

単なる比喩《ひゆ》のつもりだったが、周子はぎくりと身じろぎした。

「腕……」

鳥肌が生じたのだろう、彼女は振袖の上から腕をさすり、不安そうに視線を泳がせる。

「どうかしたのかい、チカちゃん」

晴行だけでなく、静栄と虎之助も気遣わしげに周子を注視する。

「はい、あの……。実は、手紙を受け取ったその日に、わたし、怖い夢を見たんです」

「夢？」

「ええ。どこかのきれいな森の中を独りで歩いている夢で。道沿いに小川が流れていて、足もとには知らない花がたくさん咲いていて、まるで風景画の中に入ったみたいでしたわ。わたしは足首まであるドレスを着て、白いつば広の帽子をかぶった西洋の貴婦人になっていました。天気もよくて気持ちよくそぞろ歩いていたのに、急な風に飛ばされて帽子が川に落ちてしまって。それを取ろうとしていたら――後ろから誰かに突き飛ばされたんです」

周子はぎゅっと振袖を握りしめた。

「わたし、川に落ちて、水の中で必死にもがいたのに浮かんでいけなくて、もう苦しくて苦しくて――」

そのときの息苦しさが記憶に甦ってきたのだろう。周子は小刻みに肩を震わせ、つらそうに呼吸を荒くする。

「気の毒に。ハート氏の手紙の件が心のどこかに引っかかっていたせいで、そんな悪夢を見てしまったんだね」

晴行の言葉に、「わたしもそう思いました。でも、それだけじゃないんです」

不穏な発言に晴行は眉宇《びう》を曇《くも》らせ、静栄と虎之助も身を硬くする。

周子はいったん茶を飲み、息を整えてから、話の先を続けた。

「もがきながら川に沈んでいったところで、目を醒《さ》ましたんです。自分の部屋で、ベッドの中で。心の臓がドキドキして、汗もかいていて。夢でよかったとホッとしたのは、ほんの少しの間だけでした。どうしたわけか、身体が全然動かないんです」

「金縛りですか」

すわ怪談だと前のめりになって問う虎之助に、周子は真剣な表情でうなずいた。

「指一本、動かせないし、声も出せませんでした。わたし、眠りは深いほうで、こんなことは滅多になかったものですから、びっくりしてしまって目をあけたんです」

「うわっ、大胆ですね。おれなんか怖くて、金縛りの最中に目なんかあけられませんよ」

「諏訪さん、黙って」

静栄に注意され、虎之助はしぶしぶすわり直した。どちらが年上かわからないその有様に、周子も苦笑しながら、

「わたしも、目をあけたのを後悔しましたわ……」

と自嘲《じちょう》気味につぶやいた。

「電気は消してあったのですが、カーテンの隙間から月明かりが洩《も》れていて、部屋の中の様子はうっすらと見えていたんです。それで、天井の隅が妙に暗いことに気づいて。黒い煙のようなものがそこで固まっているような感じでした。しかも、それが急に天井いっぱいに広がって、わたしの真上にまでのびてきて……」

周子の肩がぶるっと震えた。それに感化されてか、晴行の腕にも鳥肌が立つ。静栄と虎之助も、ほぼ同時に身を震わせる。〈鈴の屋〉の店内には硝子窓越しに陽が射していたのに、急に空気が重く冷たくなった。

周子もそれに気づいて、不安そうに店内を見廻す。そこへお鈴がやってきて、四人の湯飲みに順々にお茶をつぎ足していった。

「どうぞ、ごゆっくり」

ぺこりと頭を下げて、お鈴は何も気づかないふうに席を離れていく。彼女が介入したおかげなのか、茶の香りの賜物《たまもの》か、場に漂っていた不気味な感じはずいぶんと緩和されていた。周子はホッとしたように温かい茶を飲んでから、話を再開させる。

「どこまで話しましたっけ。そう、黒い煙が迫ってきたところでしたわね。わたし、逃げなくちゃと思って、必死に身体を動かそうとしたんです。でも、全然駄目で。そうしたら、煙の中から腕がにゅっとのびてきたんです。ひきしまって陽によく焼けていましたけれど、間違いなく女のひとの腕でしたわ。それが……二本きりじゃなくて、一度に六本、いいえ、八本くらい」

うひっと虎之助が小さく声をあげる。静栄も大仰に顔をしかめている。晴行は冷静さを保ちつつ、低くつぶやいた。

「それでさっき、腕二本の譬《たと》えに反応したんだね」

ええ、と周子は恥ずかしそうに認めた。

「煙の中から出てきた腕はわたしをお布団越しに押さえこんだんです。はねのけたくても身体はまだ動かなくて、もう怖くて怖くて。それだけじゃなく、煙の中から女のひとの顔まで出てきて。それもひとつじゃなくて、三つも四つも。もっと多かったかもしれません。どれも知らない顔でした。外国人だったんです」

晴行だけでなく、静栄と虎之助も加わって異口同音に訊き返す。

「外国人?」

「はい。それも……印度のかたじゃないかと」

「印度?」

そうくり返したのは、晴行と虎之助だけだった。

静栄は「まるでカーリーだな」とつぶやく。

「カーリーって？」

晴行が訊き返したのに対し、虎之助は真顔で「カレー？」と訊く。静栄は壮絶に渋い顔をして首を左右に振った。

「印度の女神の名前だよ。暗黒の女神。破壊神シヴァの妻で、夫よりも凶暴で。青みがかった肌をして、額には三つめの目があって、腕も多い。四本だったり、場合によっては十本以上あったりと、数に決まりはないみたいだ。夫のシヴァを踏みつけにして、長い舌をだらりと垂らしている姿なんかがよく絵に描かれているよ」

「うはぁー、そんなことまで知ってるんですか。シズさんは本当に博識なんですねぇ」

「そうなんだよ。シズちゃんはなんでも知っているんだよ」

虎之助と晴行のふたりがかりで褒められても、「ぼくのことはいいから」と静栄は素っ気ない。

「女神カーリー……。額に目はありませんでしたけど、雰囲気は近いかもしれません。怒っている顔とか、泣いている顔ばかりで、何か早口でまくしたてていました。残念ながら、何を言っているのかはわからなくて。だって、英語でさえなかったんですもの」

「ヒンドゥー語かな」

晴行が訊いても、「さぁ……」と周子は困惑気味に言葉を濁すしかない。

「さすがにぼくもヒンドゥー語はわからないよ」

と、静栄も白旗を揚げた。

「わたし、そこで意識を失ってしまったようで、次に気がついたときには朝になっていました。黒い煙なんて部屋のどこにもないし、あの女のひとたちの姿も見当たらなくて。なんの痕跡《こんせき》もなかったんです。だから、それこそ単なる夢の延長だったのかもしれません。でも……、川に落ちた夢もすごく生々しかったですし、そのあとで見てしまった、あのたくさんの腕と女のひとたちの顔が忘れられなくて……。なので、ハートさんからのお手紙のことをハル兄さまに相談するついでに、夢の話も聞いてもらいたかったんです」

胸のつかえを吐き出すようにため息をついて、周子はまた茶をすすった。晴行たちも気付け薬の代用とばかりに茶を飲む。晴行はお鈴を呼んで、茶のおかわりを所望し、さらに、

「トラさんが味見した甘さ控えめ善哉、ぼくも欲しいな」

と追加注文するのを忘れない。

地方によって違いもあるが、汁粉はあずき餡《あん》の汁物全般を指し、善哉は粒ありのものを言う場合が多い。〈鈴の屋〉で出された善哉は、まさにつぶ餡の汁物だった。そこに焼き餅が入れられて出てきて、ひと口食すや、

「ああ、うん。これ、好きかも。次はこれにしよう」

そう言って、晴行は餅こみで一杯、ぺろりと平らげてしまった。食の細い静栄はうらやましそうに友人を見やり、

「あずきの赤は厄《やく》よけにもなるそうだから、いいかもな」

そんな豆知識をまた披露する。

「しかし、印度の女神か……」

晴行は椅子の背もたれに身体を預け、店の天井を振りあおいだ。

「ハート氏は日本に来る前に、印度に何年か滞在してたんだっけ」

同じことを考えていたのだろう、周子も静栄も虎之助も神妙にうなずく。

「川で落ちた夢は、ハート氏の婚約者の話を手紙で知ったのが影響したかもしれない。でも、その黒い煙から出てきた女たちの顔と腕っていうのは、どうかな。本当にそれも夢だったのかな」

周子が眉をひそめてつぶやいた。

「怖いことを言いますのね」

「怖がらせるつもりはないよ。ただ、前にも似たようなことがあったなと思って……」

「似たようなこととは？」

「似てるというと語弊があるかな」

晴行は、視線を天井から向かいの席の静栄に戻し、

「ほら、女優の森口理子《もりぐちりこ》が奇妙な音に悩まされていた一件だよ」

「ああ、あれか」と静栄が言い、

「記事にしましたから、おれも知ってますよ」と虎之助が言う。

「何、なんですの」

知りたがる周子のために、晴行は森口理子を悩ませた怪音の件をざっと説明した。

誰もいないはずなのに聞こえる足袋《たび》の足音や、何かが軋《きし》むような音。そんな怪音に悩まされていた女優の理子は、ある夜、ふと目を醒ました際に天井からぶら下がった人影を目撃する。それら怪現象は、理子の婚約者、歌舞伎《かぶき》役者の市川翔燕《いちかわしょうえん》に捨てられて縊死《いし》した女性の霊の仕業であった。その一件こそが、晴行が〈怪談男爵〉と呼ばれるようになるきっかけであったのだ。

「もしかしたらハート氏にも市川翔燕のように女の霊が憑《つ》いていて、彼の恋路を邪魔する目的で、チカちゃんに脅しをかけているのかもしれない」

「つまり、川で死んだ婚約者の霊が『彼に近づかないで』と警告を?」

虎之助が怖い半分、ネタになるかもの期待半分で言う。晴行はかなり真剣な面持ちでう

なずいた。

「うん。可能性としては、ありじゃないかな。実は、見間違いかと思って教えなかったんだけど、この間の浅草デェトで――」

凌雲閣の展望台で見かけた亜麻色の髪の女性の話を初めて明かすと、静栄が非難がましい声をあげた。

「ハルちゃん、どうしていままで黙ってたんだよ」

「だから見間違いかと思って」

けろりとした顔で言ってのける晴行を、周子も恨めしげに睨《ね》めつける。

「あの場にはハートさんくらいしか外国のお客さまはいませんでしたわ。展望台はさほど混んではいませんでしたし、いたら気づいていたはずですもの」

虎之助はいつの間にか手帳を取り出し、熱心にメモをしている。

「要するに、幽霊を交えての三角関係ですかね」

「印度人女性の団体さんを加えると、三角どころの騒ぎじゃないな」

晴行が言うと、虎之助はあははと短く笑った。静栄はメモをとる虎之助を横目で睨み、

「待て待て。また記事にしようと画策してないか」

「いえ、そんなことは」

口では否定しても、やる気満々なのは誰の目にも明らかだった。むしろ、仕事に意欲を燃やすことでつらさや悲しみがまぎれるのなら止める必要もあるまいと、晴行はあえて目をつぶる。

「婚約者はすでに亡くなっていますから、幽霊で間違いないとして。印度人女性の団体は生霊だったりしませんかね。印度で現地の女性と相当遊んで、まとめてひどい捨てかたをしたんで、複数の相手から恨まれているとか。それこそ、暗黒の女神カーリーさまに祈願して、憎い男を呪っているとかもありじゃないかと」

「生霊と死霊の区別は、わたしにはつきかねますけど、でも……」

周子はまた腕をさすり始めた。

「怒っていたり、泣いていたり、舌を突き出して笑っていたり、とにかくどの顔も尋常ではありませんでしたわ。あれが生きている人間とは、正直、思えませんでした」

晴行たちも周子が見たものを想像し、それだけでぞっとしてしまった。凌雲閣で目撃された女性がはかなげな印象だったのに対し、黒い煙の中から出現する何本もの腕、幾つもの顔からは不吉なものしか感じられない。

「考えたんですけど」虎之助がそう切り出した。

「周子さんに外国人の霊が憑いているかどうか、マダム・ステラに見てもらったらどううでしょう」

　新聞で名前は知っていたのだろう、周子は大きく目を瞠《みは》った。

「霊媒師のマダム・ステラに？」

「ええ。いまならまだ、皇居のお堀近くのホテルに滞在してますんで。いそがしいひとですけど、改めてインタビュウする約束もとりつけてありますし。ねえ、シズさん。編集長からその連絡、行ってますよね」

「あ、ああ……」

「シズちゃん、また通訳するんだ」

　晴行の問いに、うんと静栄が言いにくそうに返す。

「語学の勉強にもなるかとも思って。ぜひと言われたものだから仕方なく」

「というわけで、その席に周子さんを同行していって、このかたはこういうことで悩まれているんですが何か助言をいただけませんかって訊いてみるんですよ。だって、外国人の霊が憑いているんだとしたら、日本の寺や神社に行ったところでどうしようもないでしょう？」

「確かに、どうしようもないかもなぁ」と、晴行も納得する。

「ですよね。英語で『うらめしや』って言われても困りますもんね。ねえ、シズさん」

「えっ？　うらめしや？　恨むは確か……リゼント？　待て待て、違う言いまわしもあったな」

急に訊かれてあわて、鞄の中から辞書を取り出す静栄はほうっておいて、晴行は周子に確認をとった。

「どうする、チカちゃん。マダム・ステラに逢ってみるかい？　厭ならはっきり言ってくれて構わないから」

厭がるどころか、周子の返事は早かった。

「ぜひとも、お願いしたいです。本場の霊媒師に逢う機会なんて滅多にありませんもの」

旺盛《おうせい》な好奇心を隠そうともせず、周子は大きくうなずいたのだった。


そのホテルは明治の頃、鹿鳴館《ろくめいかん》に集う外国人を対象として、場所も鹿鳴館のそばに建設された。煉瓦造りの重厚な邸宅風三階建てで、道路を挟んで皇居の堀が近接している。創建からすでに三十年ほどが経《た》ち、高名な建築家ロイド・ライトの設計による別館建設の計画が進んでいるとはいえ、堂々たる風格は損なわれていない。

マダム・ステラが滞在している部屋は、三階とのことだった。彼女に対面するため、日ノ本新聞社の記者の虎之助に通訳の静栄、晴行と周子の計四人は、広くて豪華なエントランスを横切り、ホテル中央の階段をゆっくりとのぼっていく。鈴木原編集長も同行したがったのだが、お糸の遺体発見がらみでまた警察に呼び出されたため、そうもいかなかった。

階段の途中で、まだ言っていなかったなと晴行はふと思い出し、周子に告げた。

「安心していいからね。チカちゃんのことは記事に書かないって、トラさんに約束してもらったから」

先を行く虎之助が振り返って、肩越しにうなずく。

「すごくいい記事になるとは思うんですけど、嫁入り前のお嬢さんに幽霊がらみの噂がからむのは、さすがにまずいでしょうからね」

「当たり前だ」

と、静栄がしかめっ面でつぶやく。

周子はそういった心配はしていなかったらしく、きょとんとした顔になった。

「ハル兄さまのことが本名でなく〈怪談男爵〉として記事に書かれているのも、そういう配慮からですか？」

想定外の質問に、晴行たち三人の足が同時に止まる。静栄と虎之助はわたわたと動揺するが、晴行は平然と、

「あ、気づいたんだ」

「虎之助さんが記者さんだと知って、日ノ本新聞を読んでみましたの。そうしたら、怪しい事件を解決する〈怪談男爵〉の記事を幾つかみつけて。なんだか言動がハル兄さまにそっくりだなと……」

「みつかったなら仕方がないか。このこと、節子姉さんや母上には内緒で頼むよ。姉さんには心配させたくないし、母上は――わかるだろう?」

「はいはい、わかっていますわ。絶対に叱られますものね」

共犯者めいた視線を交わし合い、晴行と周子はともにくすっと笑った。虎之助と静栄はホッと胸をなでおろす。そのとき、

『おや、こんなところでお逢いするとは驚きましたね』

そんな意味合いの英語が上から降ってきた。晴行たち四人が振り仰ぐと、上段の踊り場に長身の英国紳士が立っている。

セオドアだった。

口もとには笑みを浮かべているのに、浅草のときともまた違って、茶色の瞳からは冷ややかな印象がぬぐえない。

「こちらのホテルにお泊まりでしたか」

晴行が言い、静栄が急いでそれを訳して伝える。

セオドアは浅くうなずいてから、また英語でつぶやいた。

『あなたは周子さんの叔父上だとうかがいましたが……、血は繋がっておられないそうですね。あとになって知りましたよ』

静栄が訳すと、妙な緊張がその場に生じた。それでも、晴行だけはいっこうに動じず、

「その通りですよ。わたしの姉がチカちゃんの父親と結婚したもので」

『そうだったんですね。歳もわたしより近いし、仲も良さそうで、うらやましい』

穏やかな口ぶりでありながら、嫉妬の気配が隠しきれずにいる。

虎之助はセオドアと初対面だったが話は聞いており、微妙な状況を察して、

「あの、もう約束の時刻になっているので」

と適当な理由をつけ、晴行たちに急ぐよう促《うなが》した。静栄がそれを英訳してセオドアに伝える。理解し、すっと脇に退《しりぞ》いてくれたセオドアの横を通り抜け、四人は階段を気持ち早足でのぼった。

すれ違いざま、セオドアが言う。

『周子さん。あなたからのお手紙、読みましたよ。あとで改めてお話ししませんか？』

訳されずとも意味がわかったのだろう、周子は目を伏せたまま、

「ごめんなさい。わたしの気持ちはお手紙に書いた通りです」

そう告げ、逃げるようにセオドアの前から離れた。日本語のままでも意味は通じていたようだった。セオドアの視線が執拗《しつよう》に追いすがってくるのは四人ともに感じていたが、誰ひとりとして後ろを振り返らなかった。

三階に到達し、廊下で呼吸を整えている最中に、虎之助が、

「あのひとが周子さんに求愛しているひとなんでしょう？　いっそ、彼も呼んでマダム・ステラにいっしょに見てもらったほうが――」

そう言いかけたが、静栄にものすごい目で睨まれた上に、周子が青い顔で首を左右に振るものだから、

「ま、無理ですよね。あの雰囲気じゃ」

と早々に前言を撤回する。

気持ちを切り替え、四人はマダム・ステラの部屋のドアをノックした。すぐにドアが開き、マダム・ステラとその付き人が彼らを丁重に迎えてくれた。

『お待ちしていましたよ、皆さん。あらまあ、降霊会のときの美男子さんまで来てくださったのね。それに、かわいらしいお嬢さんまで』

「こんにちは、マダム・ステラ。こちらはわたしの姪の周子です」

魅力的な笑みを浮かべて晴行は姪を紹介し、周子も片言の英語で挨拶をする。

『おあいできてうれしいです、マダム・ステラ』

振袖の少女にお辞儀をされて、『まるでお人形さんのようね』とマダム・ステラも大喜びだ。

四人は二間続きの部屋の中に招かれ、降霊会にも使えそうなテエブル席を勧められた。言われるままに彼らがそれぞれの席に着くと、

『ショーン、皆さんにお茶を出してあげてね』

マダム・ステラの指示に従い、付き人が英国風の紅茶をいれ、小さな焼き菓子を出してくれた。寡黙《かもく》で穏やかな物腰の付き人は、実はマダム・ステラの夫なのだと、晴行たちは事前に虎之助から聞かされていた。霊媒師の妻に献身的に尽くす夫の姿を、周子は感心して眺めている。

インタビュウはさっそく始まった。日本の印象やら、今後の予定などの定番の質問に、マダム・ステラは用意済みの回答を丁寧に重ねていく。

「降霊会のとき、予定外の霊が登場しましたが、あれに関してはどう思われます?」

読者が最も興味を示すであろう質問に、マダム・ステラは微妙な表情を浮かべた。

『驚きましたわ。とても強い訴えかけでしたから無視もできなくて。最初こそは、ぼんや

りとした人影しか見えず、わたしも戸惑っていたのですけれど、そのうちに相手がとてもひどい有様だとわかって……。切り裂かれた喉とか……。それで、わたし、自分が若い頃に初めて目撃した霊のことを思い出したんです。ジャック・ザ・リッパー。あの殺人鬼がこの島国に現れたのかと戦《おのの》いたんですの』

マダム・ステラの説明を、静栄が丁寧に訳していく。晴行はカメラマン代行として、時折シャッターを押す。周子は固唾《かたず》を呑んで話に耳を傾けている。付き人のショーンは妻を守るかのように、ステラの後ろに直立していた。

「警察から調査に協力依頼などされましたか？」

『いいえ。求めがあれば喜んで応じるつもりでしたけれど、信じてはいただけなかったようで。よくあることです。それに、あまりお役には立てなかったと思いますよ。霊は何事かを訴えておりましたけれど、日本語でしたのでまったく理解できなくて』

「そうでしたか……」

虎之助が失望のため息を洩らした。お糸の訴えを聞けるものなら自分が聞きたかったと、そう思ったのだろう。浮かんだ無念の表情に、静栄も周子も痛ましげな目を向ける。

『どうやら、わたしはああいった悲惨な死を迎えたかたの嘆きを、無意識に拾ってしまうようですわ。何度も何度も思い返しますのよ。初めて霊を目撃したあのとき、わたしがどうにかしていれば、殺人鬼ジャック・ザ・リッパーの逮捕に繋がったのではないかと。なぜ、黙って見送ってしまったのかと……』

申し訳なさそうにつぶやくマダム・ステラの肩に、夫のショーンがさりげなく手を置く。マダム・ステラは小さく微笑み、夫の手に自分の手を重ねる。

その後、インタビュウは淡々と続いた。約束された時間いっぱいになると、ショーンがジャケットの内側から懐中時計を取り出して見やった。虎之助もその意図を察し、急いで話を切りあげる。

「ありがとうございました、マダム。それで、お疲れのところ大変申し訳ないのですが、実は、こちらのお嬢さんがぜひともマダムのお力にすがりたいということで――」

晴行も低姿勢でおうかがいを立てる。

「突然すみません。姪の頼みをどうか聞いてやってくださいませんでしょうか」

静栄が英訳すると、妻のスケジュールを管理しているショーンはむっつり顔になった。が、マダム・ステラは寛大に受け容れてくれた。

『本来なら、こんないきなりの依頼は受けないのですけれど、降霊会があんなふうに台なしになってしまって、わたしも責任を感じておりましたし……』

マダム・ステラはテエブルに身を乗り出し、周子の手をぎゅっと握りしめた。

『かわいそうに。さぞ怖かったでしょうね』

静栄が彼女の文言を急いで訳した。まだ何も話していないのに唐突に核心に触れられ、周子は目をしばたたく。虎之助と晴行も息を詰めて見守る。

『つい最近、何かの霊と接触されたのは伝わってきます。とても強い霊です。いまはいないけれど、その残滓《ざんし》のようなものは感じます。恨みや怒り、悲嘆に苦痛など……。とても強い……。いえ、ただ強いのではなく……』

マダム・ステラは怪訝《けげん》そうに眉を寄せ、くっと首を傾げた。

『数が多い?』

周子が驚きと恐怖に目を瞠った。黒い煙の中から出現した複数の女の腕、女の顔を思い出したに相違なかった。

『でも、安心して。それらの昏《くら》い思念はあなたに直接、向けられてはいないわ。きっと警告ね。危険なものに近寄るなという警告だけして去っていった。いまのあなたのそばにはいない』

マダム・ステラの落ち着いた口調を真似て、静栄もゆっくりと言葉を紡《つむ》いでいく。彼らの配慮のおかげで、周子の緊張もするすると溶けていく。うっすら涙ぐみはしたものの、それは安堵の涙に近かった。

晴行はひそひそ声で虎之助にささやいた。

「やっぱり、ハート氏もここに連れてきて、マダム・ステラに見てもらったほうがよかったかな？」

「おれもそう言ったじゃないですか」

「言ったっけ？」

「言いましたよ」

周子を襲った怪現象が、セオドア・ハートに近寄るなという警告だとしたら、彼を直接、霊媒師にぶつけたほうがその理由も知れて、話は早かったろう。とはいえ、当のセオドアがあの様子では、それも難しかったであろうが。なんにしろ、セオドアとの縁が切れた以上、マダム・ステラの言う通り、周子が怪現象に苦しむことはもうあるまい。

不安を取り除いてもらえた周子は、心からマダム・ステラに礼を述べた。

「ありがとうございます、マダム・ステラ」

『いいのよ。お若いお嬢さん、幸せになってね』

そのやり取りでひと区切りついたと判断し、虎之助が言う。

「またぜひとも、うちの新聞社主催で仕切り直しの会を催したいところですが」

マダム・ステラの返事を、静栄は意地の悪い笑みをたたえて翻訳する。

だそうですよ」
「残念ながら、日程の都合がつきそうもないと。このあと、上海《シャンハイ》に向かわれる予定なの

「それは残念」

虎之助が笑顔で静栄を睨み返したところで、インタビュウはお開きとなった。

マダム・ステラとその夫に入り口まで見送られ、晴行たちはホテルの廊下に出ていく。

そこで別れの挨拶を交わしていると、

『ああ、そちらにいらしたのですね』

廊下のずっと先、階段の前にいたセオドアがそう呼びかけてきた。三階にあがった周子たちが出てくるのを待ち構えていたのだ。

周子の頬《ほお》は蒼白《そうはく》となり、あからさまに身体が硬くなった。静栄と虎之助も顔をひきつらせる。セオドアは満面に笑みを浮かべて、こちらへ近づいてこようとする。晴行は姪を守る盾《たて》になろうと、一歩前に踏み出した。

そのとき突然、マダム・ステラが切迫した口調で叫んだ。

『何をしたのですか、あなたは！』

簡単な英語だったので晴行にも意味はわかったが、彼女がそう言った意図がわからず、その口調の激しさにぎょっとしてしまう。それは晴行だけでなく、静栄たちも夫のショー

ンまでもが同様だった。

マダム・ステラはわなわなと震えながらセオドアだけを凝視し、何事かを言った。静栄があわてて、その言葉を訳す。

「『そこにいるわ。ずっといる。誰も、自分の犯した罪から逃れることはできない』と」

静栄の訳ではなく、マダム・ステラの発言を聞いたセオドアは、笑みを保ったまま両手を大きく広げた。

『何のことですか?』

彼には見えなかったろう。少し前まではマダム・ステラにしか見えていなかった。が、霊媒師の影響か、いまや晴行たちにもそれが見えた。

セオドアの背後に浮かぶ、黒い煙の塊が。

もやもやとした漆黒《しっこく》の中から、浅黒く引き締まった女性の腕が何本もわらわらとのびてくる。黒い光背《こうはい》を背負った千手観音のようだったのも、ほんの短い間だった。煙の中からは、腕に続いて印度系とおぼしき女性の顔が複数出てくる。泣いている顔、怒りをほとばしらせている顔、声なく大笑いしてる顔と表情はさまざまだ。

周子が語った悪夢そのままの光景。さすがに晴行も息を呑む。そんな中、マダム・ステラは毅然《きぜん》と声を張りあげた。

『地獄《じごく》の門は開いた。罪びとよ、一切の望みを棄てよ！』

おのれの背後の存在にまだ気づいていないセオドアは、マダム・ステラの態度のほうに驚いていた。

『なんなんだ。何を言っているんだ、この女は』

戸惑う彼の肩に女たちが触れた。そうなって初めて、彼は後ろを振り返り、驚天動地の光景を目撃して悲鳴をあげる。

『おまえたちは！』

次の瞬間、セオドアは複数の腕につかみあげられた。革靴を履《は》いた足が宙に浮いて、バタバタともがくがどうにもならず、彼は皇居側の窓から勢いよく外へほうり投げられた。

窓硝子が派手に割れる音にハッとわれに返った晴行たちは、廊下を走り、割れた窓へと駆け寄った。周子は仁王立ちしたマダム・ステラの足もとに、力なくくずおれる。ショーンがあわてて周子に手をさしのべる。

割れた硝子窓のむこうに、水紋広がる皇居の堀が見えた。ホテル前の歩道には数人の姿があり、誰しもが堀の水面《みなも》を指差して騒いでいる。女たちの霊に投げ飛ばされたセオドアは、窓硝子を突き破り、歩道の上を越して堀に落ちてしまったのだ。

虎之助が驚愕《きょうがく》して叫ぶ。

「嘘だろ？　この距離を飛ばされたって？」

爆発に巻きこまれでもしない限り無理だろうが、何しろ相手は超自然の存在だ。やってやれないことはあるまい。

黒い煙の女たちは、セオドアを投げ出した時点で、その場から忽然と消えていた。ではセオドアの生死はいかにと、晴行と静栄、虎之助の三人が窓から外を眺めていると、堀に広がる水紋の中心からセオドアが浮かびあがってきた。怪我のほどは不明だが、生きてはいるようだ。

現場に向かおうとしかけた晴行の動きが、ぴたりと止まった。静栄と虎之助も、晴行と同じものを見て立ちすくむ。

水に浮かんで息をあえがせているセオドアの、すぐ後ろに何かがいる。水面下に、亜麻色の長い髪が広がっていたのだ。水草とは明らかに異なるし、濃い茶色をしたセオドアの髪とは間違いようもない。

揺らめく亜麻色の髪の間から、白くてたおやかな腕が二本、上がってきた。遅れて、青白い女の顔が半分だけ覗く。その目はセオドアをじっとみつめている。

晴行は愕然《がくぜん》とした。凌雲閣にいた、あのはかなげな印象の女性だったのだ。

女性は、セオドアの頭を背後から両手で鷲《わし》づかみにして、驚く彼とともに水に沈んでいった。そして、二度と浮かんではこなかった。

数時間後、警察によって堀の底から引き揚げられたセオドア・ハートは、すでに絶命していた。死因は溺死《できし》だった。

三階の窓から道路を飛び越えて堀に落ちるということ自体、信じがたい出来事だったが、歩道を歩いていた目撃者の証言もあり、警察もそう判断しないわけにはいかなかった。

堀からあがった遺体はセオドアのものだけで、亜麻色の髪の女性はみつからなかった。彼女を見た者も、晴行と静栄、虎之助の三人だけだった。霊媒師マダム・ステラの霊力により活性化した霊たちの復讐劇《ふくしゅう》——と大衆紙は報じたが、警察は自殺とみなした。セオドアにホテルの廊下の窓から飛び出して歩道を越し、堀の真ん中に落ちるような脚力があったとは、到底考えられなかったのだが。

この一件は別の意味でも注目を浴びた。セオドア・ハートの遺品の中から日記が発見され、そこに彼が犯した罪の数々が記されていたからだ。

カフェーの女給、相田糸を殺害したのはセオドアだった。彼はひとりで帰宅途中の糸をたまたま見かけて追跡。衝動のままに殺害し、遺体を公園に隠したのだった。

セオドアにとって、これが最初の殺人ではなかった。

八年前、まだ英国にいた時分に、婚約者だったマリアン嬢を川に突き飛ばして溺死させている。その理由を「彼女はわたしを裏切った。他に恋人がいたのだ。わたしの母のように」と、彼は日記につづっていた。マリアンに本当に別の男がいたかどうかは定かではなく、ただの邪推だったかもしれないのに。

婚約者の死と裏切りによって傷ついた心を癒すため、セオドアは印度に渡る。日記によると、印度滞在中の数年間で、四人ないし五人、あるいはそれ以上の数の女性を殺害している。娼婦に罰を下したと、彼は日記に記していた。

さすがに五人、六人と殺すと周囲に怪しまれるようになり、セオドアは日本へと居を移す。そこで周子と出逢ったというわけだった。日本女性の貞淑《ていしゆく》さに彼が大きすぎる期待をいだいていたことは、日記を読めば明らかだった。相田糸殺害はその反動と見てよいだろう。

仮に周子との結婚が成立したとしても、どうなっていたかはわからない。周子と若い叔父との間柄を疑念視する記述が、日記に散見されていただけに。

なぜ、セオドアはこんな歪んだ考えをもつようになったのか。そのきっかけも、日記にご丁寧に記されていた。

セオドアは子供の頃、彼の厳格な父親がジャック・ザ・リッパーの新聞記事を秘《ひそ》かにスクラップしているのを偶然、発見した。ジャックが暗躍していたのはセオドアが生まれる以前だったが、ロンドン市民を震えあがらせた殺人鬼の名前は、子供でも知っていた。

その少し前、セオドアの母親は夜の路上で強盗に襲われ、刺殺されていた。秘密の恋人と密会するため、こっそり出かけた先でのことだった。そんな母の死にざまと、父のスクラップ帳の存在とを考え合わせたセオドア少年は、父が母を殺し、強盗の仕業だと偽装したのではないかと夢想する。さらには、

「ぼくのお父さんはジャック・ザ・リッパーなんだ。ぼくはジャックの息子なんだ！」

と思いこむまでに至ったのであった——

「セオドア・ハートの昏い欲望の秘密。それを読めるのは日ノ本新聞だけ！　……というわけで、うちの新聞、今週もかなりの売上げを叩き出したそうですよ」

そのことを、虎之助は〈鈴の屋〉で晴行と静栄に報告していた。彼の前には磯辺餅が置かれている。最近では、甘さ控えめ善哉と磯辺餅を交互に注文するようになっていたのだ。

「まあ、よかったんじゃないかな。被疑者死亡でも、日記のおかげで事件の真相は大体知

れたわけだし、きっとお糸さんもこれで成仏してくれるよ。婚約者の彼女と、あの団体さんもね」

いつもの定番汁粉を食しながら晴行が言うと、友人と同じ物を味わいつつ静栄がうなずいた。

「マダム・ステラもそう保証して、日本を離れていったからな」

気さくな霊媒師は、降霊会やインタビュウ以上の仕事をきっちりやり遂げてから去っていったのだった。

セオドアの父親が本当にジャック・ザ・リッパーだったかどうかは、誰にも立証できない。が、その息子だと妄想《もうそう》する殺人鬼を弾劾《だんがい》できたのは、マダム・ステラにとっても喜ばしかったに違いあるまい。

晴行の隣の席で甘さ控えめ善哉を上品に食べていた周子が、いったん箸《はし》を置き、神妙に頭を下げた。

「この度は、皆さんに本当にご心配をおかけしました」

いえいえ、どういたしましてと、静栄と虎之助が異口同音に言う。

「……でも、当分、ひとりで出歩くのは控えるようにとお父さまからきつく言われてしまいましたわ。気持ちはわかりますけれど、なんだか窮屈で」

嘆く姪に、晴行が笑いを含んだ声で言う。

「だから、こうやって〈鈴の屋〉に誘ったじゃないか。いや、待てよ。『連れて行かないとハル兄さまが〈怪談男爵〉だとおばさまにばらしますわよ』って脅されたんだったかな？」

「わたし、そんなこと言ってません。似たようなことは言ったかもしれませんけれど」

「言ってるんじゃないですかぁ。お嬢さん、お願いですよ。弊社のためにも、その件はどうぞ内密に頼みますって」

虎之助が情けない声をあげ、晴行だけでなく静栄の笑いまで誘う。

にぎやかな席に、お鈴が笑顔で茶を運んできた。

「お茶、いかがですか？」

「あ、じゃあ」

虎之助はちゃんと彼女のほうを向いてから、そっと自分の湯飲みを差し出した。ふたりのやり取りがだいぶ自然なものになっていることに気づき、晴行と周子はこっそりと目配せをし合う。あぶれた静栄は不服そうに口を尖らせる。

「ところで、ハルさん、別件でまたちょっと気になる話があって……」

虎之助が次なる怪談ネタを持ちかけようとして、静栄の表情はますます渋くなり、周子は反対に好奇心に目を輝かせる。晴行は前髪をかきあげて鷹揚《おうよう》に応じた。

「うん、聞こうか」

帝都のどこかで、怪奇な事件がまた新たに起こるのかもしれない。だとしても、〈鈴の屋〉に疲れを癒してくれる甘味がある限り、〈怪談男爵〉とその仲間たちはくじけることはないのだった。

第五話　怪談ブン屋　諏訪虎之助　〜因縁部屋〜

黒っぽい岩に囲まれた露天風呂に浸かって、諏訪虎之助《すわとらのすけ》は深く長く息をついた。

ここはとある有名温泉地、それも人気の老舗《しにせ》旅館の大露天風呂。新聞記者の虎之助は四国での取材を終え、帝都に戻る途中でここに立ち寄ったのだ。

自分は幸運だったなと、虎之助はしみじみ思った。彼の薄給ではとてもこんな立派な宿には泊まれなかったし、遠方への取材旅行自体、果たせなかったろう。それもこれも、同行の若き男爵・籠手川晴行《こてがわはるゆき》が惜しみなく資金を提供してくれたからに尽きる。

露天風呂の岩に寄りかかっている晴行を、虎之助は横目でさりげなくうかがった。

歳《とし》は虎之助より二つ下の二十歳《はたち》。栗色《くり》がかった癖のある髪が湿気を含んで、なめらかな額に張りついている。普段は大理石を思わせる白い肌が、いまは蒸気にあてられてほんのり桜色となり、あたかも大理石のダビデ像が神により生命を吹きこまれたかのようだ。実際、その顔立ちもルネサンスの彫刻さながらに整っている。

うーむと、心の中で虎之助はうなった。

若くて容姿端麗《たんれい》、しかも晴行は男爵の肩書きまで有している。当人は、

「公爵、侯爵、伯爵、子爵と来て、いちばん下の男爵。しかも公家ではなく、維新《いしん》で功あって爵位を賜《たまわ》った下級武士の家の出なので、何かと無骨」

だと謙遜《けんそん》するのだが、三流新聞の下っ端記者にすぎない虎之助にしてみれば、雲の上の

存在にも等しい。その上、スーツの下にこんな肉体美を隠していたとは。

「ハルさんって、いい身体《からだ》してますよね……」

羨望の念が思わず口をついて出る。晴行には聞こえなかったようだが、虎之助のすぐ隣で、肩まで湯に浸かっていた室静栄《むろしずえ》がそれを耳にして、

「かもな」と淡々とつぶやいた。

「かもなって、シズさんはそう思わないんですか？」

静栄は眉間《みけん》に皺《しわ》を寄せて、むっつりと、

「眼鏡をはずすと何も見えないから」

ああ、と虎之助は納得してうなずいた。

晴行の昔からの友人で、この旅に同行してきた静栄は大学生、室子爵家の嫡男《ちゃくなん》だ。晴行と同様、華族の一員であり、普段は眼鏡をかけて、いかにもインテリ然としている。ただし、維新から半世紀以上を経《へ》た大正期ともなると、華族といってもいろいろで、もともとが貧乏公家だった室家は、爵位返上を考えねばならないほど経済的に困窮しているらしい。

「何？　なんの話？」

晴行が無邪気に尋《たず》ねるも、静栄は素っ気なく「なんでもない」と返す。

「ま、いいけど。……さて」

晴行がゆっくりと身を起こした。細かな湯滴が周囲に散るとともに、彼のほどよく鍛えられた背中に、ゆらゆらと白い湯気がまとわりつく。

「そろそろあがろうか」

晴行に言われるがままに、虎之助も静栄も風呂からあがり、浴衣《ゆかた》に着替えて自分たちの部屋へと向かった。

ここしか空いておりませんで申し訳ありません、と宿の者から言われたその部屋は、十畳ほどの和室だった。広くはないが狭すぎもせず、寝泊まりする分にはなんの支障もない。むしろ静かで小ぎれいで、床の間には季節の花が活《い》けられ、美人画の掛け軸まで飾られて、落ち着いた中にも優雅な雰囲気を醸《かも》し出している。少なくとも、虎之助ひとりだったら、もっと狭くて暗くてじめじめした布団部屋のようなところにしか泊まれなかっただろう。

三人が風呂に浸かっている間に、部屋には布団が三組、敷かれていた。ひとつは床の間のすぐそばに、壁と平行に。残りのふたつは九十度向きを変え、頭を床の間に向ける形で並べられている。

「シズちゃんとトラさんはどこに寝る?」

晴行の問いかけに対し、静栄は眼鏡をひと差し指で押しあげつつ、

「どこでもいい」

「ハルさんは床の間のそばでよくはないですか？」

床の間の近くがいちばんの上席だったはずと思いながら、虎之助が言った。いちおう、出資者に花を持たせたつもりだった。その順番からいくと出入り口に近いほうが末席のはずだから、自分が寝るとしたらそこだなと思っていると、静栄が部屋を見廻《みまわ》してつぶやいた。

「しかし、気になるな」

「何が？」と、晴行が尋ねる。

「『ここしか空いておりませんで申し訳ありません』と言ったときの仲居の表情がだよ。ひどく恐縮していて、まるでこの部屋に泊まるぼくらを、本気で気の毒がっているみたいだった。それに――」

眼鏡越しの鋭い視線が、床の間の掛け軸に向けられた。

「あの美人画の半衿《はんえり》」

掛け軸には、豪奢《ごうしゃ》なびらびら簪《かんざし》を頭上に戴《いただ》き、流水紋と水鳥が描かれた濃蘇芳《こきすおう》色（赤褐《せっかっしょく》色）の着物の片袖《そで》をはだけ、薄紅《うすべに》色の地に花柄の振袖を覗《のぞ》かせた、若い女が描かれていた。静栄が指摘した半衿には、白地に銀で連続する三角紋が入っている。

「あの柄、鱗紋《うろこもん》だ。上下左右に連続して配置された三角形は、蛇《へび》の鱗を表している。だから、能楽などの舞台劇で、この紋様の入った衣裳を着て登場してくるのは、蛇や鬼といった魔性の化身だと相場が決まっているんだ」

ふーんとつぶやきながら、晴行が掛け軸に近づいた。

「つまり、このお姫さまは蛇の化身？　背景に何も描かれていないけれど、道成寺《どうじようじ》伝説の清姫《きよひめ》だったりするのかな？」

愛《いと》しい男を追い詰め、大蛇となって彼を責め殺してしまった伝説の清姫。……かどうかはともかく、絵の女は両膝《ひざ》をついて、やや前屈みになり、おのれの胸に手をあて、斜め上方を切れ長の目でひたと見据えていた。その表情は静かだが、だからこそ、秘めた情念の深さ、重さが感じられなくもない。地面についてうねる薄紅色の振袖は、あたかも彼女の身の内から絞り出されたはらわたであるかのようだ。

虎之助はぞくりと身震いしたが、晴行はまったく平気な体《てい》で、

「もしかして、シズちゃん、いわく付きの部屋だから繁忙期なのに空いていたとか思ってる？　だとしたら面白いじゃないか」

「面白い？」

「よっ、出ました、怪談男爵！」

怖さを誤魔化すために威勢よく合いの手を入れた虎之助を、静栄がものすごい目で睨《にら》みつけた。当の晴行は屈託なく笑っている。

虎之助の所属する日《ひ》ノ本《もと》新聞は、編集長の個人的な趣味もあって、怪談めいた記事をよく掲載していた。最近では、『あえて名を秘すK男爵が、怪奇な事件を見事、解決。霊鬼が男爵に語りし、その妖《あや》しき因縁とは——』といった調子でつづる怪談ネタが好評を博し、〈怪談男爵〉の名称が定着した。

怪談に特に興味はないと言っていた晴行も、怪談男爵として取りあげられるうちに、だんだんとその気になっている節があった。真面目な静栄はそれが気にくわないようだが、晴行の天衣無縫《てんいむほう》ぶりに完全に振りまわされ、抗するすべもない。

「もしかして、この掛け軸の裏に魔よけの御札が貼ってあったりしてね」

楽しげに言いながら、晴行は掛け軸をぺらりとめくった。

次の瞬間、場の空気が凍りついた。掛け軸の裏面に、おどろおどろしげな筆文字で『悪鬼調伏《ちょうぶく》』としたためられた護符が貼られていたのだ。

すかさず晴行が掛け軸を元の状態に戻し、護符の存在を隠した。いまさら、なかったことにできようはずもないのに、彼は満面に明るい笑みを浮かべて言う。

「さあ、寝よう寝よう」

「いや、ハルさん、いまのはいまのは」

虎之助が悲鳴じみた声をあげるのを無視し、晴行は床の間近くの布団をひょいとまたぎ越して、窓辺に敷かれた布団をめくった。

「ぼくはこっちで寝ようかな」

「ちょっと、待っ……」

てください、と言いかけた虎之助の肩を、静栄が唐突に突き飛ばした。完全に虚を衝かれて、虎之助は床の間近くの布団の上に倒れこむ。

「諏訪さんはそこで寝るといいよ」

そう言いながら、静栄は出入り口近くの布団を陣取ろうとする。虎之助は急いで起きあがった。いかにも怪しげな護符のすぐそばで安眠できる自信など、虎之助にありはしない。ましてや、怪異の防波堤代わりにされるのは断じて御免だった。

「何を言います。子爵家の御曹司《おんぞうし》なんですから、シズさんこそ、上座にどうぞどうぞ」

言葉の上では謙虚さを装いつつ、虎之助は静栄が抱えこもうとしていた枕を奪い取った。

静栄も負けじと、

「いやいや、年長者の諏訪さんこそ遠慮せずに」

年上を敬《うやま》うと見せかけて、枕を強引に奪い返そうとする。晴行は布団にもぐって知らん

ぷりを決めこんでいたが、

「ハルちゃん、本当に窓際でいいのか？　夜中に窓から何かが来るかもしれないぞぉぉ」

静栄に芝居がかった口調で脅され、布団から顔を出して言い返した。

「シズちゃんこそ、何かが来るとしたら出入り口のほうからだと思わ――」

言い終わらぬうちに、静栄が投げつけた枕が晴行の顔面に命中した。

「この！」

晴行は布団から跳ね起きると、自分の枕を大きく振りかぶって静栄に投げつけた。直撃を受けて静栄がよろけている。その隙《すき》に、虎之助が窓際の布団へと滑りこむ。

「おれはこっちで寝ますから、ハルさん、上座にどうぞ！」

「そうはいかないよ、トラさん」

振り返った晴行は、虎之助が寝ている布団を鷲《わし》づかみにして、床の間へとずるずると引きずっていく。

「なんてことをするんですか！」

虎之助の抗議を無視し、晴行は豪快に高笑いをした。その彼の後頭部に、静栄が容赦《ようしゃ》なく枕を叩きつける。

「やったな、この」

「やったがどうした。ハルちゃんこそ、あんな護符をみつけてくれた責任をとれよ」

「悪いが、そんな責任、御免蒙《こうむ》るね」

「おやすみなさーい」

「寝るな、トラさん！」

罵声《ばせい》が飛び交うとともに枕が舞い、布団がはねる。旅館の十畳間は、誰がどこに寝るかで完全な混戦状態におちいってしまった。

——掛け軸の中で、吊り目の清姫は暴れる三人をちらりと見やり、あきれたように眉をひそめた。が、闘いに熱中する晴行たちは、絵の変化にまるで気づいてはいなかった。

あとがき

Ｗｅｂ連載した三本の短編に、少々長めの書き下ろし中編等が加わって、二巻が出た！今回のカバーイラストも、ＴＨＯＲＥＳ《トーレス》柴本《しばもと》氏の美麗《びれい》な筆致で飾られておりますぞよ。

というわけで、収録された各作品について駆け足で語ってみよう。

『死電に乗る童女』には、都電ならぬ東京市電が登場する。いまや、めっきり数を減らした懐かしの路面電車。東京では都電荒川《あらかわ》線の一路線が運行されるのみだ。

この短編を書くに当たり、改めて都電に乗り、ついでに沿線の尾久八幡《おぐはちまん》神社などをお詣《まい》りしてきた。季節限定のきれいなカラー御朱印を入手でき、取材というよりも、小さな小さな旅を楽しませてもらった気分だった。

『辻斬り桜』は尊子《たかこ》さんに尽きる。

『黒いアトリエ』に登場する彫刻家のアトリエとそこの中庭は、谷中《やなか》の朝倉彫塑館《あさくらちょうそかん》（とても素敵なお屋敷！）をモデルにしている。ただし、まんま使うのは何かとアレかなと思ったので、外観だけは横浜《よこはま》の〈外交官の家〉を参考にした。もちろん、黒くはない。

書き下ろし中編『帝都の殺人鬼』。マダム・ステラのイメージは、女優のヘレナ・ボナム＝カーター。クッキーの商標イラストのほうではない。

そして、『怪談ブン屋　諏訪虎之助《すわとらのすけ》　～因縁部屋～』。これは一巻の『廃病院の看護婦霊』の後日談と想定したものの、特に話に繋《つな》がりはない。作中の掛け軸にまつわる因縁をふくらませ、短編として書き直そうかとも思ったが、まあ、このままでもいいかなと。掛け軸の絵は、着物の柄は一部違うけれども、木村斯光《きむらしこう》の『清姫《きよひめ》』をイメージした。

トラさんはなぜだか動かしやすかった。こんなことなら、もっと早く彼を登場させれば良かったなぁとぼやいてみても、当初は全然考えておらず、

「ブン屋、出したら？　そのほうが話も展開させやすいよ。事件を持ってきてくれるし」

と友人に言われて初めて生まれたキャラクターなのだから、仕方がないのだった。

周子《ちかこ》は、最初、つんけんした素直じゃないタイプを想定していたのに、いざ動かしてみると全然そうならなくて、こっちの気持ちの軌道修正が必要だった。

そんなふうに苦労はあっても、どれも有意義で楽しい苦労でありましたよ。どうか、読者のかたがたにも楽しんでいただけますようにと、夏の夜の星に願いをかけるのだった。

令和四年七月

瀬川貴次

【初出一覧】

第一話　死電に乗る童女……ＷｅｂマガジンCobalt
第二話　辻斬り桜……ＷｅｂマガジンCobalt
第三話　黒いアトリエ……ＷｅｂマガジンCobalt
第四話　帝都の殺人鬼……書き下ろし
第五話　怪談ブン屋　諏訪虎之助　～因縁部屋～……ＷｅｂマガジンCobalt

参考文献

『懐かしい風景で振り返る東京都電』（２００５）（イカロス出版）

※この作品はフィクションです。実在の人物・団体・事件などにはいっさい関係ありません。

集英社オレンジ文庫をお買い上げいただき、ありがとうございます。
ご意見・ご感想をお待ちしております。

● あて先
〒101-8050　東京都千代田区一ツ橋2-5-10
集英社オレンジ文庫編集部 気付
瀬川貴次先生

集英社
オレンジ文庫

怪談男爵 籠手川晴行 2

2022年8月24日　第1刷発行

著　者　瀬川貴次
発行者　北畠輝幸
発行所　株式会社集英社
〒101-8050東京都千代田区一ツ橋2-5-10
電話【編集部】03-3230-6352
【読者係】03-3230-6080
【販売部】03-3230-6393（書店専用）
印刷所　凸版印刷株式会社

ISBN 978-4-08-680459-2 C0193